DISCOURS

DE

M. L'ABBÉ GRATRY

A LA MÊME LIBRAIRIE :

DISCOURS ACADÉMIQUES.

Discours de MM. Cuvillier-Fleury et Nisard à l'Académie française, le 11 avril 1867.

Discours de M. Guizot en réponse à celui de M. Prévost-Paradol, le 8 mars 1866. In-8. 50 c.

Discours de MM. Camille Doucet et Sandeau à l'Académie française, le 22 février 1866. 1 fr.

Discours de MM. Dufaure et Patin à l'Académie française, le 7 avril 1864. In-8 de 72 pages. 1 fr.

Discours de MM. le comte de Carné et Viennet à l'Académie française, le 4 février 1864. In-8. 1 fr.

Discours de MM. le prince de Broglie et Saint-Marc-Girardin à l'Académie française, le 26 février 1863. In-8. 1 fr.

Discours de M. Guizot à l'Académie française, en réponse au discours prononcé par M. Lacordaire, le 24 janvier 1861. 50 c.

Discours de MM. J. Sandeau et Vitet à l'Académie française, le 26 mai 1859. In-8 de 44 pages. 1 fr.

Discours de MM. de Laprade et Vitet à l'Académie française, le 17 mars 1859. In-8 de 48 pages. 1 fr.

Discours de MM. le comte de Falloux et Brifaut à l'Académie française, le 26 mars 1857. In-8 de 44 pages. 1 fr.

Discours de MM. Biot et Guizot à l'Académie française, le 5 février 1857. In-8 de 64 pages. 1 fr.

Discours de MM. le duc de Broglie et Désiré Nisard à l'Académie française, le 3 avril 1856. In-8 de 60 pages. 1 fr.

Discours de MM. Silvestre de Sacy et de Salvandy à l'Académie française, le 28 juin 1855. In-8 de 64 pages. 1 fr.

Discours de MM. Berryer et de Salvandy à l'Académie française, le 22 février 1855. In-8 de 80 pages. 1 fr.

Discours de MM. Villemain et Guizot à l'Académie française (séance annuelle du 25 août 1859). In-8. 1 fr.

Éloge de M. Horace Vernet, par M. Beulé, prononcé à l'Académie des Beaux-Arts, le 3 octobre 1863. In-8. 1 fr.

Éloge de M. Hippolyte Flandrin, par M. Beulé, prononcé à l'Académie des Beaux-Arts, le 19 novembre 1864. In-8. 1 fr.

Éloge de M. Meyerbeer, par M. Beulé, à l'Académie des Beaux-Arts, le 28 octobre 1865. In-8. 1 fr.

Paris. — Typ. de Ad. Lainé et J. Havard, rue des Saints-Pères, 19.

DISCOURS

DE

M. L'ABBÉ GRATRY

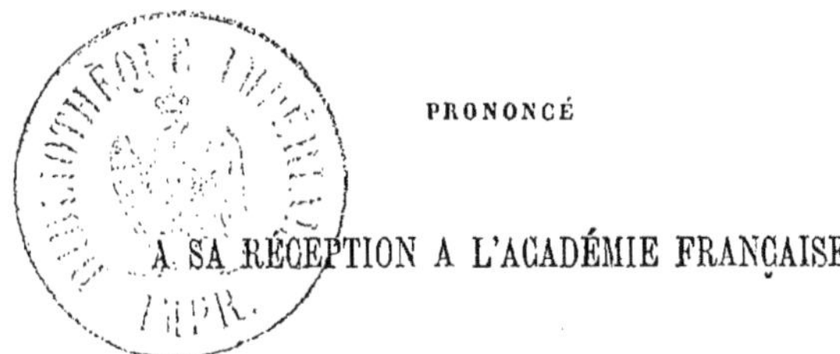

PRONONCÉ

A SA RÉCEPTION A L'ACADÉMIE FRANÇAISE

le 26 mars 1868

PARIS

LIBRAIRIE ACADÉMIQUE

DIDIER ET CIE, LIBRAIRES-ÉDITEURS

35, QUAI DES AUGUSTINS

1868

DISCOURS

DE

M. L'ABBÉ GRATRY

MESSIEURS,

Ce n'est pas mon humble personne, c'est le clergé de France, ce sont les souvenirs de la Sorbonne et de l'Oratoire que vous avez entendu honorer, en daignant m'appeler au fauteuil qu'occupait Massillon.

Voltaire, Messieurs, qui occupa le même fauteuil, se trouve ainsi, dans vos annales, entre deux prêtres de l'Oratoire, et son rire sur le genre humain est enfermé entre deux prières pour le monde, comme son siècle lui-même, un jour, sera, dans notre histoire, enfermé entre le grand dix-septième siècle et le siècle de foi lumineuse qui aimera Dieu et les hommes en esprit et en vérité.

M. de Barante, Messieurs, est un homme de ce siècle à venir, où la haine sera moindre, où le mépris et le rire tomberont, où le mal de la division sera redouté comme la mort, où le crime de la guerre sera jugé et condamné, et où la liberté, jusqu'ici dévorée dans la lutte, sera enfin possible dans l'union.

L'homme de bien dont on a pu dire « qu'il était le « symbole de la paix, et qu'il n'eût pu avoir un en- « nemi, l'eût-il voulu, » a été parmi nous un de ces pacifiques auxquels le Sauveur dit : « Que votre lumière « luise devant les hommes, pour qu'ils glorifient votre « Père qui est au ciel. »

C'est mon devoir, Messieurs, de remettre aujourd'hui sous vos yeux cette lumière, et de glorifier, si je puis, notre Père dans un de ses enfants, de telle sorte que nos âmes attristées par le spectacle de tant d'erreurs, de douleurs et d'humiliations, aient un instant la joie d'approuver Dieu, de trouver beau et bon ce qu'il a fait, ce qu'il donne et ce qu'il prépare.

Ce que Dieu fait aujourd'hui dans le monde, Messieurs, c'est ce qu'il faut nommer, avec M. de Barante, « la vie nouvelle du genre humain, l'esprit nouveau « des sociétés. » Et cet esprit, comme l'enseigne si bien l'un de vous, dans la largeur de son admirable coup d'œil historique (1), « cet esprit que nous appe- « lons l'esprit nouveau est le même qui, depuis quinze

(1) M. Guizot : *l'Église et la Société chrétienne*, p. 259.

« siècles, anime et féconde la société européenne : « ...esprit de justice, de liberté, de sympathie, de res- « pect de tout homme, à ce titre seul qu'il est homme. »

Ce que Dieu donne au monde, c'est cet esprit dans son commencement et sa lutte ; ce qu'il prépare, c'est cet esprit dans son progrès et son triomphe.

Or, Messieurs, c'est l'honneur et la gloire de M. de Barante d'avoir été en tout, je dis en tout, le lumineux contemplateur, l'infatigable serviteur du plus récent effort de l'esprit nouveau pour s'emparer des sociétés humaines.

En d'autres termes, M. de Barante a compris et servi la dernière et la plus grande des révolutions européennes, non pas celle que les hommes ont faite, mais bien celle qu'ils ont empêchée ; celle qu'a voulue la France, celle que Dieu veut, cette nécessaire révolution de justice, de liberté, de fraternité vraie, de religion profonde, que nous cherchons et attendons encore, si douloureusement retardés, si cruellement déçus par nos aveuglements, par nos fautes, et surtout par nos divisions.

« Le sage, disait Platon, est celui qui unit sa vie « aux mouvements universels du monde. » Or nous avons ici un sage qui a vraiment uni sa vie au grand mouvement historique au sein duquel Dieu le fit naître. Nous avons ici un chrétien qui n'a pas mérité ce reproche divin : « Comment ne comprenez-vous pas le « temps où vous vivez (1) ? »

(1) *Hoc autem tempus quare non probatis?* Luc, XII, 56.

Si quelqu'un a compris son temps, si quelqu'un a uni sa vie au mouvement vrai de son siècle, c'est l'homme que nous louons ici.

Et c'est pourquoi l'on a pu dire que « sa vie et son « œuvre se confondent tellement avec l'histoire de son « temps et de son pays (1) » que le récit de ses travaux, et celui de sa vie, et celui de la phase historique que traverse la France, peuvent se raconter d'un même trait.

Ce récit, M. de Barante le fera lui-même tout à l'heure, en nous racontant le grand drame qui agite aujourd'hui le monde, je veux dire la Révolution.

Mais, avant de l'entendre, sachons bien ce que vaut ce juge et ce témoin.

Si je vous le demande, Messieurs, vous n'avez tous qu'une voix pour louer en lui l'esprit d'observation le plus exact et le plus fin, joint à l'imperturbable rectitude du jugement. Vous louez en lui le penseur courageux qui, le premier, a osé nommer par leur nom des idoles historiques que la vérité doit briser; le critique profondément original qui, dans ses jugements sur l'un des siècles de notre histoire, devance de cinquante ans l'esprit public. Vous louez en lui l'historien, — et c'est ici le mérite propre de l'*Histoire des ducs de Bourgogne*, — qui perfectionne la méthode historique par un progrès de respectueuse attention au sens et au détail de

(1) M. le prince de Broglie.

la réalité ; vous comparez enfin son œuvre à un miroir, où les hommes et les choses de notre temps viennent comparaître, tels qu'ils ont été, pour se juger eux-mêmes toujours selon la plus scrupuleuse vérité (1).

En sorte que si l'on demande quel est le propre caractère des écrits de M. de Barante, on peut répondre d'un seul mot : C'est le discernement du vrai.

Il a su, en effet, réaliser dans sa vie et dans ses écrits ces belles paroles bibliques, épigraphe du premier travail littéraire de sa jeunesse : « J'ai appliqué mon « cœur à la recherche de la science et de la sagesse, et « au discernement de l'erreur et de la folie (2). »

Mais, s'il cherche la vérité, ce n'est pas seulement pour la voir, c'est pour la mettre en œuvre. Ce n'est pas son esprit tout seul, c'est son âme qu'il donne à sa cause, ou plutôt à la vie de son pays et de son temps. Il n'est point un lettré abstrait. Il est un écrivain réel dont tous les écrits sont des actes.

Aussi ne croit-il pas quitter l'action, ni changer d'œuvre, quand il laisse les affaires pour rentrer dans sa solitude de Barante. Je l'y vois revenir trois fois, et y passer la grande moitié de sa carrière. Il y rentre en 1815, repoussant, par sa démission de préfet, l'entreprise des Cent-jours. Il y rentre en 1820 par le refus

(1) M. Guizot.

(2) *Tableau littéraire du XVIII*e *siècle* portant cette épigraphe :

> « *Dedi cor meum, ut scirem sapientiam, atque*
> « *doctrinam, erroresque ac stultitiam.* »
>
> *Ecclésiaste*, I, 17.

d'une ambassade. Il y revient en 1848 pour y rester jusqu'à sa mort.

Pendant ces trente années de retraite volontaire, il continue à servir la France avec le zèle le plus ardent. Ces années sont les plus fécondes et les plus heureuses de sa vie. C'est qu'il a le bonheur chez lui : dans toute sa vie, par l'ardent travail; dans son âme, par la foi; dans la famille, par l'admirable et constant amour qui a béni ses jours jusqu'au dernier; autour de lui, par l'amitié, par l'universelle bienveillance, par l'active et savante bonté dont les œuvres subsistent. Il n'a pas besoin de la lutte, ni du regard des hommes, ni du pouvoir, ni des honneurs. Il laisse ces distractions, dès qu'elles menacent de faire vaciller sa lumière et ne vont pas droit à son œuvre.

Son œuvre, c'est la France à servir et à conduire au but. Le but, c'est la justice et c'est la liberté. Tel est l'objet unique de soixante années d'un infatigable travail, dont je viens d'admirer, par l'étude, l'étonnante unité, la sagesse profonde, et l'opportunité, encore aujourd'hui toute nouvelle. M. de Barante est un grand cœur, qui a aimé la France dans la rare lumière de l'amour clairvoyant. Il l'a aimée dans toutes ses fortunes, il l'a aimée à travers ses fautes, qu'il connaît toutes.

Tel est, Messieurs, le juge et le témoin qui va nous parler de la France et nous dire, selon la vérité, ce qu'est la terrible phase historique que nous traversons aujourd'hui, et qu'on nomme la Révolution.

« Le mérite de l'historien, dit M. de Barante, con-
« siste surtout à saisir le premier et le dernier anneau « de ces chaînes d'événements, de ces périodes natu- « relles, de ces drames dont se compose l'histoire (1). »

Il applique ces paroles à l'histoire de la Révolution, et c'est fort à propos, s'il est vrai que la Révolution ne commence pas en 1789, et qu'elle ne finit pas en 1804, ni en 1815.

Le redoutable drame commence, selon M. de Barante, au moment où l'ancienne monarchie, retournant vers le paganisme, réduit tout l'État à un homme, et à un homme qui se fait Dieu.

En voici le premier tableau :

C'est d'un côté Louis XIV, non ce Louis XIV de Colbert, de Bossuet, de Vauban, qu'admire et soutient toute la France, mais celui qui, arrivé à la plénitude du pouvoir absolu, ivre d'orgueil, se croit et se déclare doué de lumières divines, et conduit la France à sa perte (2). C'est, de l'autre côté, Fénelon, que M. de Barante charge de prononcer le jugement du roi coupable (3).

Fénelon, placé au moment où éclatent de tous côtés les conséquences des fautes, les contemple avec épouvante et s'écrie : « Je vois la France ruinée, dépeuplée, « affamée, et au dehors menacée d'une totale invasion... « Si le roi continue ses dépenses superflues, s'il conti- « nue à hasarder la France sans la consulter, à rui-

(1) *Études littéraires*, tome I, p. 127.
(2) *Ibid.*, p. 126. *Étude sur la monarchie de Louis XIV*.
(3) *Études historiques*, tome I, p. 132.

« ner le royaume pour faire mal la guerre..... tout « n'est-il pas désespéré (1)? »

Fénelon a écrit ces paroles ainsi que les suivantes : « Vous dites que Dieu soutiendra la France; mais « Dieu s'apaisera-t-il en vous voyant humilié sans hu- « milité, confondu par vos propres fautes sans vouloir « les avouer (2)?

« Le remède, ce serait de tempérer le despotisme, « cause de tous nos maux, de se ressouvenir de la vraie « forme du royaume, de faire enfin de tout ceci l'af- « faire véritable de tout le corps de la nation. C'est la « nation qui doit se sauver elle-même (3). »

Cette politique émue de Fénelon est déjà le dix-huitième siècle, et commence le second tableau où M. de Barante (4) a dépeint dans toute sa vérité ce siècle double.

Comme il y a deux hommes dans l'homme, il y a en tout siècle deux siècles. Ici, nul n'a mieux discerné les deux siècles que M. de Barante.

Avec lui n'admettons jamais que la frivolité, le mensonge, le cynisme, le libertinage de l'esprit, le mépris de tout le passé de la France et de l'humanité, la haine du christianisme, constituent l'un des siècles de notre histoire. Ce n'est là que l'écume impure accumulée à

(1) Fénelon : *Lettre au duc de Chevreuse* (4 août 1710). *Passim.*

(2) Fénelon : *Lettre au duc de Chevreuse* (4 août 1718).

(3) *Ibid. Passim.*

(4) *Tableau littéraire du XVIII*e *siècle.*

la surface. Que cette écume et cette surface se nomment, si on le veut, le siècle de Voltaire, j'y consens. Mais qu'on ne l'appelle pas un des siècles de ma patrie.

Le vrai XVIIIe siècle, le voici : il commence avec le réveil de la France, dont l'âme se soulève contre l'intolérable tentative de rétablir, dans le gouvernement des hommes, les abominations du pouvoir absolu.

Il est temps, disent nos pères dans leur impétueux langage, d'introduire la raison dans le gouvernement du monde. Il est temps de savoir s'il est bon de réduire tout l'État à un homme qui, avec ses flatteurs, ses gardes, et le reste, dévore tout pour sa gloire et sa joie. Il est temps de savoir si tous les hommes sont frères, ou si le genre humain se compose de deux castes, dont l'une pâtit et dont l'autre jouit. Si cela est, Dieu n'est pas Dieu, s'écriait déjà La Bruyère, et il faut déchirer l'Évangile. L'Évangile, c'est Vincent de Paul, c'est Fénelon, c'est l'amour des hommes, c'est la fraternité, la paix et le bonheur du genre humain. Ayons un cœur, et que ce cœur soit enfin sensible à tout ce que souffre tout homme. Mettons un terme à l'antique oppression, à la guerre païenne, à l'absurde torture, à la cruauté des supplices. Que la justice ne soit plus une furie, mais une déesse protectrice des peuples. Qu'elle sache enfin rendre sacrés la vie des hommes, leur travail et leur pain.

Ainsi parle notre XVIIIe siècle, et il charge les lettres, les sciences, l'histoire, la chaire sacrée, le barreau, les salons, et même les libertins qui sont forcés de parler ainsi pour lui plaire, de propager ces vérités dans tous les rangs de la nation et dans l'Europe entière.

Et voici que l'Europe, peuples et rois, nous applaudit.

Tel est ce vrai tableau du XVIIIe siècle, que M. de Barante a eu le grand honneur de publier à vingt-quatre ans.

Mais regardez la suite. Ici commence le troisième tableau de notre drame, celui qui n'est pas encore terminé.

Voici la France se décidant à passer de la parole à l'action.

Elle se décide, guidée par trois générations de grands esprits et de grands citoyens : Vauban et Fénelon, Montesquieu, Turgot, Malesherbes, et Louis XVI, le plus grand de tous, s'il est vrai qu'il a fait « ce qu'un « homme peut faire de plus grand, dit Plutarque (1), « savoir : donner à sa patrie la liberté quand on tient « le pouvoir absolu. » Cela s'est fait, jusqu'à présent, dans toute l'histoire une fois ! Et Louis XVI est mort pour avoir introduit la liberté dans les deux mondes.

Au sein de la paix, de l'union, de la gloire, la plus puissante nation du monde alors est appelée par le plus légitime des pouvoirs à délibérer sur la réforme de ses institutions. Quarante mille groupes de citoyens, pendant trois mois, dans toutes les provinces, délibèrent et travaillent avec une admirable intelligence et un

(1) *Plutarchi septem sapientium Convivium, n°* VII. ..... Εἰ βασιλεὺς καὶ τύραννος δημοκρατίαν ἐκ μοναρχίας κατασκευάσειε τοῖς πολίταις.

plus admirable dévouement, à exposer et à justifier, par écrit, tous leurs vœux. Ces milliers de chartes sont apportées au centre, par l'assemblée la plus illustre et la plus généreuse. Cette assemblée dépouille ces cahiers, y cherche les principes sur lesquels toute la France n'a qu'une voix, et proclame en séance publique (1) cet authentique résumé de la volonté nationale, ces articles de l'unanimité, inconnus aujourd'hui, et qui s'appellent les principes de 89 : principes de tradition et de raison, d'ordre et de liberté, de progrès et de légitimité, le plus solide fondement qui fut jamais du droit positif d'une nation. Car, entendons-nous bien, je ne connais d'autres principes de 89 que les principes voulus par tous nos pères, proclamés par tous les cahiers, et déclarés, dès le premier jour, articles d'unanimité par l'Assemblée constituante. C'est là notre droit public pour toujours, droit conforme à la loi morale éternelle et à l'esprit de l'Évangile, justifié par la science, décrété par toute la nation, et qui, nettement dégagé de ce qu'y voulaient ajouter les sophistes et les rhéteurs, subsiste écrit par la main de la France entière.

Voilà donc toute la France unie dans une même volonté. Saisis de joie et d'enthousiasme, tous les Français renoncent solennellement à tout abus et à tout privilége, pour se soumettre au droit commun régé-

(1) Rapport du Comité de constitution, lu à l'Assemblée constituante le 27 juillet 1789.

néré. Et ils se proclament arrivés au gouvernement libre que la France a voulu (1).

Mais ici, au lieu du dénoûment que nos pères croient tenir, ici commence toute l'horreur du drame.

Or c'est en ce temps que M. de Barante devient témoin direct du prodigieux et terrible spectacle. En 1792, c'est encore un enfant, il a dix ans ; mais cet enfant est appelé à contempler de ses propres yeux, à méditer dans son propre cœur, le mystère de la Révolution.

Que voit-il donc ? Il voit ce que peut comprendre un enfant, ce qu'il raconte dans ses touchants Mémoires. Il voit son père emprisonné et menacé de mort. Et aux portes de la prison il entend chanter ces paroles :

Il faut du sang, il faut du sang !

Pourquoi faut-il du sang ? et pourquoi le sang de mon père ? Voilà le mystère que l'enfant a pu méditer à dix ans, et que l'homme pourra méditer toute sa vie.

Il ne trouvera qu'une réponse, celle qu'il nous donne dans son *Histoire de la Convention* et que voici : c'est qu'en ce moment même est survenu l'événement le plus mystérieux de notre histoire, c'est-à-dire le pays

(1) Décret de l'Assemblée déclarant Louis XVI restaurateur de la liberté en France (3 novembre 1789).

tout entier envahi, subjugué, asservi par le plus mortel ennemi qu'ait jamais eu la France.

Mais quel est cet ennemi, et comment nous a-t-il subjugués? M. de Barante, selon sa méthode, le demande aux contemporains. C'est du sein de la Convention qu'on répond.

« La postérité, dit Vergniaud, ne concevra jamais « l'ignominieux asservissement de Paris à une poignée « de brigands, rebut de l'espèce humaine (1). »

« Ce faux peuple, dit un second témoin, Sieyès, ce « faux peuple, le plus mortel ennemi qu'ait jamais eu « la France, s'est abattu sur nous comme la race des « harpies pour tout souiller et pour tout dévorer (2). »

Voilà le mystère de la Révolution. M. de Barante, dans son histoire du terrible événement, a l'honneur d'avoir appelé par leur nom et ces hommes et ces choses.

Il les accable par l'éclatante lumière de tous les détails de l'histoire. Il écrit le premier l'histoire de la Terreur, ce livre nécessaire que doit connaître tout Français, s'il veut devenir citoyen. Il détruit l'étrange opinion qui loue la Convention d'avoir sauvé la France de l'invasion. Il la montre créant l'invasion, et la France se sauvant elle-même malgré la Convention (3). Ce que la Convention organisa, c'est l'assassinat juridique en masse, par la loi du 22 prairial, qui supprime dans les

(1) De Barante : *Histoire de la Convention*, tome II, p. 221. Discours de Vergniaud du 27 décembre 1792 à la Convention.

(2) De Barante : *Histoire de la Convention*, tome III, p. 166 et 169.

(3) Voir l'Étude de M. Vitet sur *la Convention*, p. 158.

jugements quatre choses : l'*instruction*, l'*interrogatoire*, les *témoins* et les *défenseurs* (1). C'est ici que M. de Barante impose à la Convention la devise qui lui restera pour toujours : « JUSQUE DATUM SCELERI ! « Et le crime s'est fait droit public (2). »

M. de Barante, par cette vigoureuse clairvoyance, a rendu à la cause de la Révolution que Dieu voulait, et qui, j'ose l'espérer, triomphera, un signalé service.

En effet, le vice originel de la Révolution « telle « qu'elle s'est faite pour le malheur des siècles, » disait le noble Royer-Collard, ce vice éclate dès le premier jour. C'est l'impunité des crimes ordinaires, meurtre et rapine. Le premier bandit qui porta une tête sur une pique et qui fut impuni, qui, par un lâche et sacrilége mensonge, fut appelé *le peuple*, voilà celui qui a vaincu la France de 1789, et qui a reculé, d'un siècle ou deux, le progrès de justice, de liberté, de fraternité qu'elle voulait.

Écoutez en quels termes, dans son Histoire politique de Royer-Collard, M. de Barante signale, par la bouche de son grand ami, l'obstacle qui arrête la France depuis un siècle, et qui menace de l'arrêter longtemps encore : « Enhardi par l'âge, s'écriait en 1835 l'incom« parable défenseur de l'ordre et de la liberté, enhardi « par l'âge, je dirai ce que je pense, et ce que j'ai vu. « Il y a, Messieurs, une grande école d'immoralité,

(1) Voir l'Étude de M. Vitet sur *la Convention*, p. 179.
(2) C'est l'épigraphe de l'*Histoire de la Convention*.

« ouverte depuis cinquante ans parmi nous. Cette « école, c'est la succession des victoires, toujours glo« rifiées, qu'a remportées en France la force sur le « droit. Repassez-les : elles se nomment le 6 octobre, « le 10 août, le 21 janvier, le 31 mai, le 18 fructidor, « le 18 brumaire ; je m'arrête là. »

Je m'arrête là, dit le redoutable orateur, en regardant autour de lui.

Il n'avait pas tout vu.

M. de Barante a vécu assez pour tout voir : ces ruines, ces guerres civiles, tous ces crimes, et leurs suites.

Et il s'est écrié :

« L'insurrection serait-elle donc devenue pour la « France ce que furent, à la fin de Rome, les révoltes « des prétoriens, et, à la fin de Constantinople, les ré« volutions du palais ? »

Tel est, encore une fois, le douloureux mystère de la Révolution : c'est pour cela qu'elle dure encore.

Les plaies sanglantes de la Révolution, M. de Barante, depuis sa jeunesse, n'a pas cessé d'en avoir sous les yeux le spectacle. Dès son entrée dans la vie active, à vingt-quatre ans, en 1806, il est envoyé en Allemagne, au milieu des « vingt années de guerre léguées, « dit-il, par la Convention à la France (1). »

(1) Conclusion de l'*Histoire de la Convention :* « Cette politique sans prévoyance renfermait vingt années de guerre. »

Puis le voici préfet en Vendée, au milieu des ruines de la guerre civile. Là, il trouve ces populations héroïques qui, pendant « l'incompréhensible et ignominieux « asservissement de Paris... au plus mortel ennemi qu'ait « jamais eu la France (1), » ont sauvé, pour leur part, notre honneur par une guerre de géants. Là, son impartiale clairvoyance peut mesurer la grandeur des crimes qui ont noyé la Révolution dans le sang, et ont créé dans le sein de la France la guerre civile dont l'esprit dure encore. Là, il mesure aussi la grandeur de ces humbles héros inconnus qui sont morts pour la justice et la patrie, et il écrit, pour l'instruction des âges, l'épopée historique de leur lutte contre les bourreaux. J'appelle bourreaux les tyrans aveugles qui, occupant le centre, égorgeaient l'un par l'autre les enfants de la France. J'appelle victimes ceux qui, des deux côtés, tombaient sur les champs de bataille.

A la fin du poëme, je vois se dégager, comme une douce lumière, l'esprit de pardon des victimes. Mais les bourreaux ne pardonnent pas; ils n'ont pas encore pardonné.

Pendant que M. de Barante cherche à guérir sur un point de la France les blessures de la guerre civile, la guerre sans fin continue à sévir au dehors. Le génie prodigieux qui gouverne la France chancelle dans l'ivresse du triomphe. M. de Barante, dès 1810, prévoit la chute. «Il va se perdre, s'écrie-t-il, mais la Révolution « sera-t-elle pour cela finie ? »

(1) Vergniaud et Sieyès.

Et voici qu'en effet la dictature, créée par la volonté du pays pour mettre fin au règne juridique et solennel du crime, la dictature, n'ayant pas connu ses limites ni aucune loi, tombe à son tour en donnant à la France deux invasions! Mais la Révolution n'est pas finie!

Tels furent pour nous, à cette époque, les fruits de quinze années de gouvernement par l'infirmité nécessaire du génie d'un seul homme!

Ici, Messieurs, commence la vie politique de M. de Barante. Les faits ont été déjà racontés avec une trop entière autorité pour que j'en puisse parler. Je me borne à citer un trait de sa rare et profonde perspicacité; puis je dirai quel fut son parti politique.

M. de Barante, l'un des premiers, a clairement dénoncé à la France ce grand instrument de tyrannie des temps modernes, par lequel le tyran, qu'il soit homme, assemblée, ou émeute, est à l'instant maître de tout, dès qu'il met la main sur le centre.

En 1822, dans une très-importante étude sur *les Communes et l'Aristocratie*, il donnait à notre pays ce mémorable avertissement : « Le gouvernement repré« sentatif, posé sur la constitution sociale du Bas-Em« pire, ne peut pas y prendre racine et ne saurait y « fructifier.... L'esclavage administratif détruira la li« berté politique, ou il sera détruit par elle (1). »

Ne fut-il pas, en parlant ainsi, deux fois prophète?

(1) *Les Communes et l'Aristocratie*, p. 24, 85 et 86.

Mais quel fut donc le parti politique de M. de Barante? C'est ici que je trouve la cause de cette sympathie générale qui s'attache à son nom : « Cause pro-« fonde, dit le meilleur des juges, et qui mérite d'être « signalée; car elle éclaire notre passé, et répand l'es-« pérance sur notre avenir (1). »

« L'espérance sur notre avenir, » Messieurs, quelle parole ! Saisissons-la, et voyons du même coup pourquoi l'on aime M. de Barante et comment l'espérance nous reste.

On aime la douce lumière de cet homme de bien, parce qu'il est un des chefs du parti qui doit nous sauver. Et l'espérance nous reste, précisément parce qu'il existe un tel parti.

Je veux parler de ce grand parti, toujours méprisé des sectaires, toujours foulé aux pieds par les violents, toujours méconnu et vaincuj usqu'ici, mais destiné à la victoire, et que j'ose appeler le parti de l'âme de la France.

Ce parti ne compte pas dans ses rangs les glorieux corrupteurs, ni les chantres du vice, ni les lettrés sceptiques, ni les princes de l'intrigue, ni les semeurs de haine et de colère, ni surtout la race des violents.

Il se compose d'abord d'une grande foule obscure, de tous ces êtres pacifiques et doux qui sont la trame utile du genre humain, travaillant en silence à travers les siècles pour réparer sans cesse ce que dévorent sans cesse les hommes de joie et les hommes de proie. Il se

(1) M. Guizot.

compose de tout ce qui a servi sans briller, de tout ce qui est mort pour nous sans bruit, de tous les humbles ouvriers du devoir, soldats de l'effort commun, « âmes héroïques et simples qui ont été la matière commune de nos gloires et la solide substance de nos progrès. » Voilà l'âme du parti, voilà l'âme de la France, que peuvent tromper des guides aveugles, mais qui conserve, sous l'accident des erreurs et des fautes, son instinctif élan vers la justice.

C'est ici qu'interviennent les vrais guides.

J'appelle ainsi les grands esprits qui, portant, eux aussi, l'âme de la patrie dans leurs âmes, en tournent les vertus en lumière, voient le but par la science, et nous y mènent par la sagesse.

Il en existe, et la France sait leurs noms. J'ai nommé ceux qui ne vivent plus, si j'ajoute, pour notre siècle, deux grands noms : Chateaubriand et Royer-Collard. « Je vois cette noble élite, toujours vaincue, jamais « anéantie, reparaître toujours à travers toutes les « phases de notre histoire, et demander sans cesse, « pour elle et pour les autres, la justice et la li- « berté (1). »

Mais je les vois, surtout depuis la fin de Louis XIV, réveillés par le spectacle des destructions et des opprobres du pouvoir absolu, chercher les lois réelles de la vie des nations, demander instamment le règne de ces lois, et nous les enseigner, par parties admirables,

(1) M. le comte de Montalembert. *Discours de réception à l'Académie française.*

en d'immortels ouvrages, que l'on comprend enfin après un siècle. Aujourd'hui cette science est partout. Je la trouve tout entière dans les écrits de M. de Barante. Et d'ailleurs, n'ai-je pas sous les yeux les maîtres qui l'enseignent? Grâce à Dieu, j'ai la joie de voir ici présents, — et c'est en quoi surtout, Messieurs, je sens le grand honneur que vous m'avez fait, — j'ai le bonheur de voir ici des hommes qui, lorsqu'ils seront morts, seront comptés parmi les vrais guides de la France. Qu'ils soient bénis, et que Dieu leur donne de longs jours, et fasse grandir jusqu'à la fin la vigueur de leurs âmes et la puissance de leur esprit. Qu'ils continuent à montrer à la France sa voie.

Tel fut le parti politique de M. de Barante. « Séparons-nous, disait-il souvent, de la *politique des passions;* entrons dans la politique d'expérience, de science, de vérité, la seule qui puisse donner la liberté (1). » Et j'ose dire qu'il est, en effet, parmi ces maîtres, l'un des plus complets dans la science de la liberté.

Mais qu'enseigne-t-il donc? Que nous dit-il, pour nous conserver aujourd'hui l'espérance? La science peut-elle encore, après tant d'erreurs et de fautes, nous conduire à ce progrès de l'esprit nouveau, âme du monde moderne, à ce progrès de justice et de liberté que veut la France, et que Dieu veut pour nous?

Il y eut un jour, Messieurs, où M. de Barante crut

(1) Voir les *Questions constitutionnelles.*

voir la Révolution terminée, et la France arrivée au glorieux dénoûment. Ce jour-là, il nous enseignait les conditions de ce grand triomphe, lorsqu'il prononçait ici même, parmi vous, les nobles et touchantes paroles que voici : « Oui, disait-il, la volonté première de la « France, celle qui l'avait émue aux premiers jours de « la Révolution, ramenée aujourd'hui à sa pureté, « guérie de son imprudence inexpérimentée, dégagée « des souillures des nos troubles civils, est devenue « la loi commune. Les discordes s'apaisent, les res- « sentiments s'effacent, un calme heureux règne sur « la patrie. »

Il parlait ainsi, Messieurs, en 1828, à l'époque où régnaient en effet, consacrés par la Charte, les grands et nécessaires principes, qui sont la volonté permanente et première de la France.

Hélas ! il y a de cela bientôt un demi-siècle. Qu'avons-nous fait depuis ? Nos discordes cruelles, nos mutuels mépris, nos mutuelles terreurs, ont encore attiré la foudre sur la patrie. La violence a brisé trois constitutions sur nos têtes.

Notre guide a vu toutes ces ruines, et il s'est écrié, dans sa douleur : « L'esprit de la guerre civile enve- « nime nos institutions, et il les rend impraticables ! »

Je crois pouvoir le dire, toute la lumière dont la France a besoin se trouve dans cette plainte douloureuse, et dans les paroles d'espérance qui précèdent.

Notre mal, en effet, c'est « l'esprit de colère et de guerre civile » qui rend impraticables le pouvoir et la liberté. Le mal n'est pas l'existence des partis qui soutiennent ou contiennent ces deux pôles de la vie politique. Le mal, c'est la colère, et la division ignorante et violente, qui détruit, l'un par l'autre, le pouvoir et la liberté. On est coupable alors des deux côtés. — Quand un coup de tonnerre brise un chêne, qui est coupable ? Est-ce le nuage ou la terre ? Lequel des deux pôles électriques fait le coup ? L'un et l'autre, et leur tort, c'est d'être divisés. Réunis, ils son la lumière ; divisés, ils deviennent la foudre.

La division, voilà l'ennemi ! Voilà l'ennemi qu'il faut vaincre. Mais par quelle force ? M. de Barante nous le dit dans sa vision prématurée de l'avenir : « Les « discordes s'apaisent ; les ressentiments s'effacent ; « les esprits se dégagent des erreurs de parti, et recou- « vrent l'indépendance de la raison. » Voilà bien le moyen. Mais cet avenir de paix, de sagesse et d'union, dont notre guide, en 1828, parle *au présent* comme les prophètes, la France le verra-t-elle demain ? Où bien l'attendra-t-elle encore un siècle ou deux ? Peut-on s'unir dans le mensonge et dans l'iniquité ? Où donc est la vérité politique et sociale dans laquelle la France s'unira ?

M. de Barante nous l'a dit : la vérité dans laquelle nous nous unirons, c'est « cette volonté première de la France » qui décrétait à l'unanimité la *vraie forme du royaume* déjà rêvée par Fénelon ; cette forme dont un ardent ami de la liberté (1) a pu dire en 1825 : « Celui qui veut ou plus, ou moins, ou autrement, n'est pas

(1) Le général Foy.

un bon Français ; » celle dont un de vous (1), Messieurs, a dit avec cette simplicité décisive qui termine les questions, « qu'elle n'est ni anglaise ni française, « mais de tous les temps et de tous les pays, étant la « seule possible dès qu'on repousse le pouvoir absolu. » Et c'est la seule qui nous puisse conduire à ce que nous voulons, c'est-à-dire au plein gouvernement de la nation par la nation.

Mais cette vraie forme politique, évidemment, n'est praticable que si l'esprit de guerre civile s'en retire, si elle est dégagée, par la sagesse, des souillures de nos cruelles discordes, et guérie, par la science, de son inexpérience et de son imprudence.

C'est donc toujours à la science et à la sagesse, à l'esprit d'union et de paix, qu'il en faut revenir. C'est un meilleur état moral et intellectuel des âmes qui est la grande condition du salut. Il faut renoncer à la haine, au mépris, à la colère, à la violence : renoncement presque impossible pour la plupart des hommes, dans l'état actuel du cœur humain et de l'esprit humain.

Qui fera le prodige de la transformation des cœurs?

Écoutez la réponse de M. de Barante, dans ce dernier écrit (2) que je puis appeler son testament philosophique et religieux. Là, il nomme par son nom la

(1) M. Thiers.

(2) *De la Révélation chrétienne*. Décembre 1863. Voyez aussi la *Réponse à M. Ballanche* (1842).

force qui fait le miracle de la transformation des esprits et des volontés.

« L'Évangile, a-t-il dit, est une seconde création « morale de l'humanité. De nouveaux sentiments sont « créés dans l'âme, et la raison s'est agrandie en nous. « La lumière que tout homme apporte en naissant est « devenue plus éclatante et plus divine. Une radicale « différence distingue le monde nouveau du monde an- « cien, et c'est l'ennoblissement ou plutôt la sanctifica- « tion de la conscience.

« Depuis l'Évangile, l'égalité devant Dieu et la fra- « ternité des hommes sont des axiomes inhérents à la « conscience du genre humain. »

La justice, depuis ce temps, peut habiter la terre. Mais, dit toujours M. de Barante, citant saint Augustin, « elle ne se trouve que dans la république dont le « Christ est le fondateur (1). »

Voilà le fond des choses. Et parce que M. de Barante a su fermement déclarer qu'aucun progrès politique ou social n'est possible sans un progrès moral et religieux, fondé sur l'Évangile et sa force régénératrice, c'est pour cela que je le dis complet dans la science de la liberté.

La république chrétienne, fondée sur l'Évangile, est la seule société où fermente la force de progrès que depuis dix-neuf siècles nous voyons en action dans l'histoire, et qui est l'origine de tous les mouvements du monde moderne.

(1) *Études historiques*, tome Ier, p. 350.

Le mouvement contemporain, qui dure depuis un siècle, n'est qu'un mouvement secondaire dans ce mouvement principal; comme dans les mouvements de notre terre, c'est la même impulsion sidérale qui crée le jour et qui donne l'année. Et tous ceux qui combattent l'un des deux mouvements par l'autre sont des soldats de la même armée qui s'égorgent dans les ténèbres.

Donc, si notre élan vers la justice et vers la liberté, toujours vaincu depuis un siècle, mais toujours renaissant, veut triompher enfin, qu'il s'appuie tout entier sur l'Évangile, force fondamentale du monde nouveau. Alors, au lieu de diviser la force, et de la tourner contre elle-même, et de nous détruire l'un par l'autre, nous saurons centupler la puissance commune par l'union, quand chaque effort, au lieu d'être brisé par un effort contraire, sera multiplié par la force de tous.

Oui, quand la France, par quelque heureux élan de son généreux cœur, aura chassé l'esprit de haine, de mépris, de colère qui divise ses enfants; alors, quoi qu'elle demande, elle l'obtiendra, quand ce serait la liberté dans l'ordre, et la paix lumineuse des esprits dans la foi.

Telle fut jusqu'à la fin l'indomptable espérance de M. de Barante. Il croyait à cet avenir, et pour la France, et pour le monde entier. Il en savait les conditions, il les portait dans l'âme, et il nous les enseigne encore, par la très-douce et pure lumière de son exemple et de ses écrits, nous montrant dans le christianisme complet leur source nécessaire et divine.

J'ajoute qu'il en a goûté les prémices. Il est mort dans la foi de Dieu (1), c'est-à-dire dans la vie la plus haute. Il est mort plein de jours, dans la paix, au sanctuaire de la famille, entouré de la riche couronne de ses fils et petits-enfants, et tenant leur mère par la main. Et cette main, qui fut celle de l'ange de sa vie, il ne la quitte pas dans la mort. Il tient par cet anneau à la terre qu'il a traversée. Sa vie plus haute, son céleste travail en Dieu pour le triomphe de l'esprit nouveau sur la terre, est maintenant une force pour les siens, et une richesse pour la patrie et pour l'humanité.

Puisse-t-il, Messieurs, avoir parlé aujourd'hui à la France, avec l'autorité que vous donnez à sa parole en l'écoutant !

(1) Jesus ait illis : Habete fidem Dei !

DISCOURS

DE M. VITET

DISCOURS

DE M. VITET

DIRECTEUR DE L'ACADÉMIE

EN RÉPONSE

AU DISCOURS PRONONCÉ PAR M. L'ABBÉ GRATRY

POUR SA RÉCEPTION

A L'ACADÉMIE FRANÇAISE

LE 26 MARS 1868

PARIS

LIBRAIRIE ACADÉMIQUE

DIDIER ET CIE, LIBRAIRES-ÉDITEURS

35, QUAI DES AUGUSTINS

1868

2

DISCOURS

DE M. VITET

MONSIEUR,

Permettez-moi de ne pas accepter les illusions de cette modestie qui vous est naturelle et qui convient si bien à votre saint ministère. L'Académie sans doute tient en sa haute estime les traditions, les souvenirs sous lesquels vous vous abritez ; mais, croyez-moi, ce n'est ni le clergé de France, ni la Sorbonne, ni même l'Oratoire qu'elle entend honorer aujourd'hui ; c'est vous, Monsieur, vous-même, votre talent, votre personne, et dans votre talent, j'ose dire, par-dessus tout peut-être, ce qu'il y a de plus personnel, ce qui vous est vraiment propre, ce qui n'appartient qu'à vous, votre style.

Nous sommes, quoi qu'on dise, exactement fidèles à notre institution, et le goût littéraire, le pur amour du grand art de bien dire, est ici notre passion première. Aussi, quand par hasard, au milieu de l'innombrable foule qui se mêle d'écrire nous rencontrons un écrivain, un de ces rares esprits qui respectent la langue, moins par obéissance à des règles apprises, à des préceptes convenus, que par instinct, par vocation, par naturelle déférence; qui se servent des mots sans se laisser mener par eux; qui les domptent au besoin, les plient à leur usage, sans cependant leur imposer de trop violentes fantaisies, trouvant dans les données traditionnelles du langage une sorte de force acquise pour exprimer avec plus d'énergie et plus de transparence les moindres mouvements de l'âme et de la pensée; quand la fortune, encore un coup, nous ménage une telle rencontre, c'en est assez pour nous séduire; nous nous sentons comme attirés par ce seul charme du langage; et si, sous l'agrément de cette forme limpide et colorée, correcte et originale, nous découvrons un noble cœur, une haute raison, l'esprit le plus sincère, le plus naïf, le plus amoureux du vrai, jugez combien l'attrait s'accroît! la séduction devient complète : voilà, Monsieur, le mot de votre énigme; voilà pourquoi vous êtes parmi nous.

Et ce n'est pas la première fois que, par ce don d'écrire autrement que tout le monde, vous avez conquis nos suffrages. Souvenez-vous de ces deux volumes que vous présentiez à un de nos concours, voilà bientôt quinze ans, et qui, sans autre appui que votre nom alors presque inconnu, au moins dans cette enceinte, étaient accueillis par nous avec tant de faveur et s'emparaient d'un de nos premiers prix. Le sujet tout métaphysique était pourtant comme étranger à notre compétence, et vos doctrines, en certains points, heurtaient de front, parmi vos juges, ceux qui semblaient le mieux en droit de vous juger. Heureusement ces philosophes étaient, eux aussi, des lettrés, de délicats amis du véritable bon langage ; ils furent charmés comme nous ; le bon goût vint chez eux en aide à l'impartialité, et, des premiers, ils demandèrent que justice vous fût rendue.

Si je suivais mon penchant, je ne quitterais pas ces deux volumes, ces belles pages sur la *Connaissance de Dieu*, sans avoir essayé de dire ce qui donne un si grand attrait à l'expression de vos pensées, à la façon dont vous parlez philosophie ; combien sous votre plume cette langue de l'abstraction prend de vie, de chaleur, de souplesse, si bien qu'on vous pardonne les mots techniques et barbares dont il faut bien que çà et là vous vous accommodiez pour vous conformer à l'usage, mais que parfois aussi vous rejetez avec bonheur, vous donnant le plaisir de n'user, dans des pages entières, que de mots compris par tout le monde. Voilà ce que j'aimerais à dire : seulement, si je m'arrêtais ainsi avec prédilection à ne louer en vous que la forme, peut-être croiriez-vous que j'hésite à vous parler du fond. Loin de là : c'est à votre œuvre philosophique, à vos travaux, aux vérités éclaircies et défendues par vous, qu'il me tarde de rendre témoignage.

Mais d'abord, en deux mots, je voudrais suivre vos premiers pas ; montrer pourquoi vous êtes philosophe ; comment vous l'êtes devenu ; ce qu'il y a de hardi et de vraiment original dans la mission que vous vous êtes faite; quelle position vous avez prise dans la science contemporaine.

Après des succès de collége d'un éclat peu commun, vous acheviez vos études sans que rien en vous fît prévoir le dessein de vous donner à Dieu. Ni les idées de vos parents, ni vos penchants personnels, ne vous portaient de ce côté. Votre vive imagination ne rêvait que la gloire mondaine, et tous les préjugés du faux libéralisme, si j'en crois vos propres souvenirs, avaient, sans résistance, pris possession de votre esprit. Mais vos jeunes triomphes vous laissaient une sauvegarde, l'amour du travail opiniâtre et la soif du savoir. Peu à peu, de vous-même, à force de lectures et de méditations précoces, vous commenciez à être inquiet, à ne plus croire imperturbablement que la vérité en ce monde eût pris naissance au XVIIIe siècle, et que l'abbé de Condillac, par qui vous juriez encore, fût l'inventeur de la philosophie. Vous vous sentiez comme égaré sans savoir où chercher votre route ; votre âme était en suspens ; lorsqu'un jour, quelques paroles échappées, en votre présence, à un jeune homme de votre âge, que vous supposiez en proie aux mêmes hésitations que vous, paroles toutes chrétiennes et d'un cœur résolu, vous jetèrent dans un étonnement et dans un trouble inexprimables. En un instant vos yeux s'ouvrirent : votre âme était touchée ; vous tombâtes à genoux et promîtes à Dieu de lui consacrer votre vie.

Mais comment ? quel sacrifice alliez-vous lui offrir ? quel genre d'apostolat attendait-il de vous ? pour quels combats vous avait-il armé ?

C'est au secours de la raison, de la raison humaine, que vous étiez appelé. Fénelon ne l'a-t-il pas dit? « Nous manquons encore plus sur la terre de raison que de religion. » C'était déjà vrai de son temps, ce l'est bien plus du nôtre. Aujourd'hui, ce qui est en péril, en plus sérieux péril que la foi elle-même, n'est-ce pas la raison? N'est-ce pas contre elle que tout conspire, que tous les piéges sont tendus? On ne fait plus ouvertement la guerre aux dogmes, aux croyances, aux idées religieuses : on s'attaque à l'esprit, à l'instrument de la croyance; à force de lui dire qu'il n'y a ni vrai ni faux, ni bien ni mal, ni juste ni injuste, que oui et non signifient même chose, que le pour et le contre sont de même valeur, on le familiarise avec l'absurde, on l'endort dans cette molle indifférence que l'erreur ne révolte plus, dans cette timidité paresseuse qui laisse passer sans mot dire les plus coupables extravagances. Que les adversaires de la foi continuent ainsi, pièce à pièce, à démolir les bases du sens commun, les éternels principes de la logique naturelle, n'auront-ils pas cause gagnée? ne pourront-ils pas dire que bientôt sur la terre l'idée de Dieu s'effacera, et que l'athéisme aura le dernier mot? Quel est donc le grand service à rendre, le vrai moyen de secourir la foi? n'est-ce pas avant tout de sauver la raison, d'en rétablir les droits, la légitime autorité? n'est-ce pas de prendre corps à corps ceux qui l'égarent et la corrompent, ceux-là surtout qui, s'armant de mystère et de métaphysique, sont d'autant plus à craindre qu'ils se font moins comprendre et semblent plus profonds? Mais, pour faire aux sophistes une guerre profitable, il faut les suivre sur leur terrain, parler leur langue, posséder leurs secrets, connaître leur escrime. Malheur à qui se commettrait avec nos Gorgias et nos Protagoras sans s'être fait d'abord l'élève de Socrate, sans être passé maître en philosophie ! Voilà ce que votre instinct vous avait révélé ; voilà comment, par zèle religieux, par dévouement à votre foi, en même temps que vous engagiez à Dieu votre vie, vous résolûtes, pour le servir, de devenir philosophe.

Et, comme il est dans votre nature de ne rien faire à demi, pour vous, devenir philosophe, ce n'était pas professer à huis clos, dans quelque séminaire, sans bruit et sans contradicteurs ; c'était soutenir les doctrines qui vous sembleraient vraies au grand jour de la discussion publique, en regard des audacieux systèmes que la science moderne veut imposer au monde. Il fallait donc vous préparer ; et d'abord vous rendre plus familières deux langues dont vous n'aviez qu'un usage imparfait, le grec et l'allemand, ces deux clefs de la philosophie. Lire dans le texte Aristote et Platon, s'initier par soi-même, aux patientes recherches, aux subtiles témérités du génie germanique, c'était déjà beaucoup ; pour vous, ce n'était pas encore le nécessaire.

Les sciences vous troublaient : vous aviez vu « d'honnêtes gens s'enfoncer dans l'irréligion sous prétexte de mathématiques, de chimie ou d'anatomie » : se trompaient-ils ? entre la foi catholique et l'esprit d'analyse, entre les dogmes et les sciences, y a-t-il contradiction radicale, absolue ? Vous ne le pensiez pas ; vous étiez certain du contraire ; mais, pour le dire tout haut, avec autorité, ne vous manquait-il pas quelque chose? A peine saviez-vous un peu d'arithmétique ; de sciences naturelles et physiques, pas un mot. Dès lors quelle attitude alliez-vous prendre? comment juger pertinemment si les savants ont droit d'être incrédules, sans être savant vous-même? Et, d'un autre côté, comment devenir savant, j'entends savant véritable, non pas en apparence, à la surface? Ce vernis de science qui fait passer un examen ne pouvait vous suffire. Pour obéir à vos scrupules, vous n'aviez à choisir qu'entre ces deux partis : vous donner pour un temps tout entier aux sciences, être admis à l'école, la pépinière des vrais savants, l'École polytechnique, en suivre tous les cours, y faire un noviciat complet, en sortir honorablement ; ou renoncer à la philosophie.

Quand cette alternative s'offrit à vous et vous arrêta court au milieu de votre plan d'études, vous aviez près de vingt ans : la question semblait donc tranchée. Si voisin de la limite d'âge, sans la moindre préparation, comment, en quelques mois, pouviez-vous suivre les deux séries d'études, préambule nécessaire de toute admission, et qui chacune, en général, exige au moins une année ? N'était-ce pas folie seulement d'y penser? Vos parents, vos amis, vous détournaient avec prières d'en courir l'aventure. Ils oubliaient de quelle force est capable l'enthousiasme religieux. Vous étiez convaincu que, si Dieu le voulait, il saurait bien vous faire admettre : rien ne vous ébranla ; vous entrâtes dans la lice, et vous fûtes admis.

Ce n'était pas tout : après l'admission, le vrai prodige était la persévérance. Vous aviez fait, pour réussir, plus qu'un effort démesuré, un douloureux sacrifice. Il avait fallu rompre absolument avec les lettres, avec vos goûts, avec les joies de votre vie. Vos auteurs favoris, vos poëtes, vos orateurs, et cette philosophie qui commençait à tant vous plaire, et la musique aussi, jusque-là votre assidue compagne, la musique, dont on sent que vous avez besoin, rien qu'à lire votre prose, tant elle est comme empreinte de rhythme et de mélodie; et ce premier amour du beau en toutes choses, cette flamme du talent qui s'éveille, ce soleil printanier dont vous sentiez la naissante chaleur, vous aviez bravement, pour vous plonger dans les mathématiques, abandonné, sacrifié tout cela. Prêt à franchir le seuil de cette école où vous aviez conquis le droit d'entrer, lorsqu'il fallut vous dire : « Je vais passer là deux ans, loin de tout ce que j'aime, à ne vivre que de problèmes et de figures géométriques, laissant mourir peut-être, dans ce séjour de l'algèbre, l'étincelle que je crois sentir ! » Convenez-en, la force vous manqua, et vous faillîtes reculer; mais cette ferme croyance, qui vous avait frayé la route, vous commanda de tenir bon. Après deux ans d'incroyables tristesses et de travaux persévérants, deux ans dont les amis de la bonne foi scientifique ne vous sauront jamais assez de gré, vous sortiez de l'école, admissible aux services publics, muni de ce savoir qui vous avait coûté si cher, vous sortiez, non pour être ingénieur, artilleur ou marin, mais pour rentrer dans la philosophie en sûreté de conscience.

Et vons n'étiez pas quitte de toutes vos épreuves ! Ce sacrifice de vos plaisirs d'esprit, de vos projets d'étude, plus d'une fois encore vous dûtes l'accepter avec soumission et courage. On vous vit, par obéissance, vous enterrer vivant dans le plus humble couvent des Vosges; subir, dans un petit séminaire, l'énervante fatigue d'un professorat assidu, et, bientôt après, le fardeau, la torture de diriger un collége à Paris. Vous auriez pu vous affranchir en acceptant à la Sorbonne une chaire, objet secret de votre ambition : l'esprit de sacrifice ne vous le permit pas, et, pendant six années, vous tint à cette chaîne où languissait votre talent. Mais tant d'abnégation devait bientôt n'être plus nécessaire. Vous cherchiez un refuge, un asile de paix, de prière et d'étude, où le soin de votre âme se pût concilier sans effort avec l'honneur de votre esprit : ce rêve allait s'accomplir. Vous alliez voir renaître, sous les auspices et grâce au dévouement du plus modeste et du plus saint des hommes, cette communauté de prêtres séculiers, si justement célèbre au dernier siècle, moins encore par un antagonisme dont, Dieu merci, la trace est effacée, que par les plus durables et les plus vrais services rendus à la jeunesse. Ce beau nom d'*Oratoire* allait prendre une vie nouvelle, et vos travaux, désormais sans obstacles et sous la protection d'un fraternel concours, en allaient continuer et rajeunir l'éclat.

Votre début fut une lutte, non contre un homme, contre une idée. Rien de plus net, de plus démonstratif que vos lettres ou plutôt votre étude sur la *Sophistique contemporaine*. Elle met à néant ces nouveautés, ces prétendues réformes des lois de la raison, qui fatalement mènent à l'athéisme, et non pas à cet athéisme sans masque, sans réticence, se donnant pour ce qu'il est, d'autant moins dangereux qu'il est plus explicite ; à cet autre athéisme, équivoque et subtil, qui s'ignore lui-même, et, parce qu'il professe une logique à lui, et donne aux mots un autre sens que le commun des hommes, ose dire qu'il croit en Dieu. Étrange état d'esprit ! les athées de ce genre s'indignent de bonne foi et crient à la calomnie, dès qu'on les nomme par leur nom !

En combattant ainsi, Monsieur, vous vous teniez parole. Guerre aux sophistes, c'était bien la mission que, dès le premier jour, à votre entrée dans la vie religieuse, vous aviez juré d'accomplir. Mais ce n'est pas assez que de repousser l'erreur, il faut tenter aussi de remettre en lumière les conditions de la vérité. Tel fut votre dessein dans ce second ouvrage, le plus complet peut-être, le plus solide de vos titres philosophiques, ce traité de la *Connaissance de Dieu*, dont tout à l'heure nous disions quelques mots, et qu'une voix chère à cette compagnie, dans cette enceinte même, a jugé avec une autorité, et en des termes que je voudrais, pour votre honneur, y faire entendre une seconde fois. Ce livre, grave, érudit, je ne veux pas dire complet, vous me démentiriez, ce livre, comme tous vos écrits, est avant tout un hommage sincère aux légitimes droits de la raison, au libre discernement de l'homme dans l'étude de la vérité. L'abbé de Lamennais, lorsqu'il était encore le champion de la foi, ne concevait d'autre remède à notre indifférence, d'autre moyen de nous faire croire en Dieu, que de nous forcer à douter de notre esprit, de nous en démontrer l'impuissance et de courber la raison sous un joug absolu ; au rebours de ce scepticisme étroit et anticatholique, vous soutenez que l'intelligence humaine, telle que Dieu l'a créée et par la seule lumière qu'elle reçoit en naissant, est en état de percevoir et de démontrer l'existence d'une cause première intelligente et libre, et toutes les autres grandes vérités qu'on peut appeler les *préambules de la foi*. Est-ce à dire que par ses propres forces la raison puisse monter plus haut, s'élever jusqu'à Dieu lui-même, et supplanter la religion ? Vous ne lui permettez pas cet orgueil. Pour vous, la vraie philosophie est celle qui, dans le champ de l'invisible, s'arrête à un premier degré, qui lui est vraiment propre, sans se dissimuler qu'il en existe un autre, et que les vérités où elle ne peut atteindre, les hommes peuvent les voir par une autre lumière que la sienne, par la lumière d'en haut. Cette lumière qui lui échappe, non-seulement elle l'admet, mais elle l'invoque, elle l'appelle, elle s'en autorise, sachant bien qu'à soi seule elle ne peut embrasser l'immensité des choses, pas plus le monde physiologique où elle ne descend pas, que le monde théologique où elle ne peut monter. A ses yeux, la faute est donc la même et le travers aussi grand, de vouloir, comme les rationalistes, séparer la raison de la lumière surnaturelle, que de l'isoler, comme les idéalistes, de la lumière terrestre et du témoignage des sens.

Cette philosophie, Monsieur, prétendez-vous en être l'inventeur ? n'est-elle pas, au contraire, déjà vieille en ce monde? N'est-ce pas celle dont saint Thomas d'Aquin est l'Aristote, et saint Augustin le Platon? Préface humaine de l'Évangile, et pendant si longtemps la compagne obligée, l'auxiliaire de la foi catholique, marchant de conserve avec elle, lui préparant, lui gagnant les esprits, jusqu'au jour où, comme emportée par le flot des idées nouvelles, elle disparut de la scène du monde, s'abandonnant et s'effaçant, abdiquant tout pouvoir, toute ambition, toute lutte, pour s'enfermer dans le silence et dans la paix du cloître. C'est là, ainsi tombée, dans cet état d'oubli, que vous l'avez cherchée; vous en avez sondé la valeur intrinsèque sans vous inquiéter des scories scolastiques que ce pur métal a pu produire; vous l'avez comparée à toutes les philosophies antiques et modernes qui ont déjà régné ou qui aspirent à régner en ce monde, et, après l'examen le plus consciencieux, la conviction vous est venue que cette doctrine oubliée, ce spiritualisme chrétien enfoui et méconnu, était peut-être, de tous ces systèmes, le plus large et le moins incomplet, le plus conforme au sens commun, le plus soucieux de la dignité et de la iberté humaines, le plus apte à tenir compte de tous les faits moraux et intellectuels, si compliqués et si mystérieux, dont l'esprit de l'homme est le théâtre. Et cette conviction, vous n'avez pas craint de la dire hautement; et vous avez, avec persévérance, reconstruit l'ancienne renommée, et redressé le piédestal de tous les grands esprits qui, de siècle en siècle, ont professé cette philosophie.

Est-ce là, Monsieur, votre œuvre tout entière? Ce

travail de restauration vous a-t-il détourné de tentatives plus hardies et plus originales? Non certes; et même, on vous a cru, parfois, plus téméraire que vous ne le serez jamais. On vous a supposé tellement épris des vérités mathématiques que vous auriez cherché dans un certain calcul une démonstration nouvelle de l'existence de Dieu. Jamais assurément ce ne fut là votre pensée. Vous n'avez pas commis cette confusion presque irrévérencieuse entre des vérités d'ordre si différent. Vous avez seulement remarqué que ce procédé de notre esprit qui, d'un bond et sans degrés intermédiaires, nous conduit à des conséquences tellement supérieures aux prémisses qu'elles nous seraient inaccessibles si Dieu nous eût créés pour ne suivre jamais que la marche terre à terre du syllogisme; que l'induction, pour appeler par son nom ce merveilleux procédé, chaque fois qu'on l'applique à la géométrie, et notamment à ce calcul infinitésimal qui depuis Leibniz a pris force de loi, ne rencontre point d'incrédules, que les savants et tout le monde, à leur exemple, en acceptent comme absolument vraies les données les plus audacieuses; que dès-lors on est sans excuse de ne pas accorder la même confiance aux données de cette même induction lorsqu'au lieu de l'infini géométrique c'est de l'infini vivant et créateur, c'est-à-dire de Dieu, qu'il s'agit. L'incontestable droit d'attribuer la même certitude aux résultats de deux opérations de notre esprit reconnues identiques, voilà ce qu'avec insistance vous avez démontré, empruntant aux mathématiques, non pas une preuve directe de l'existence de Dieu, mais la confirmation, par voie de similitude, des preuves qui de tout temps en ont été données. Et cette démonstration, vous l'avez rendue vôtre à force de la reproduire en mainte occasion, et plus particulièrement dans ce traité de *Logique* où votre verve courageuse aborde tous les sujets de controverse métaphysique qui se peuvent agiter aujourd'hui.

Je voudrais qu'il me fût possible de vous suivre dans ce dédale dont vous savez les secrets; j'aimerais à parcourir aussi cet autre ouvrage encore plus attrayant, ce traité de la *Connaissance de l'âme*, où la poésie déborde et malgré vous se substitue parfois à la psychologie, mélange singulier d'exactitude scientifique et de pieuse extase! — Mais prenons garde, c'est encore de la métaphysique, et le plus bienveillant auditoire a besoin d'être menagé. — Vous-même, Monsieur, vous semblez m'avertir de ne pas m'attacher trop à la partie abstraite de votre œuvre; vous n'y êtes pas tout entier. Votre imagination se prête mal aux rigueurs méthodiques de ces sortes d'études. Vous avez fait de la philosophie avec amour sans doute, plus encore par devoir, un peu comme autrefois vous faisiez des mathématiques. Votre dette payée, vous lui avez avec joie dit adieu. Il fallait à votre âme une plus vivante nourriture. « Les fléaux « qui enveloppent le monde, la vue des souffrances des « hommes, et tant d'âmes percées de douleurs, tout « cela, écriviez-vous il y a quinze ans, tout cela nous « inquiète, nous sollicite continuellement le cœur au « milieu de notre travail et semble nous dire : Que « fais-tu? Pourquoi es-tu prêtre? Pourquoi ces subtiles

« recherches qui n'intéressent pas ceux qui souffrent, « ni surtout ceux qui meurent? »

Voilà des paroles, Monsieur, où vous êtes bien tout entier! Elles sont le commentaire, le résumé de votre vie. Ce grand effort au profit de la raison, cette guerre à l'erreur si chaudement soutenue, quel en était le but? Vouliez-vous satisfaire un besoin d'amour-propre ou de curiosité? Vous étiez tourmenté d'une ambition plus haute, du saint espoir d'éveiller dans les âmes le goût de la lumière divine. Votre but était tout pratique, tout religieux. Aussi, le jour venu, vous avez dit comme Malebranche: « Je ne veux plus m'occuper que « de morale et de religion. » De là cette série d'ouvrages tendres et fraternels qui ont rempli la seconde phase de votre vie d'écrivain; et ce beau commentaire sur l'Évangile selon saint Matthieu, et ces dialogues si simples et si profonds que vous avez intitulés *Philosophie du Credo*, et vos *Sources* où tant de jeunes âmes se sont saintement abreuvées, et surtout cet intime et délicieux portrait d'un jeune prêtre, d'un ami, mort dans sa fleur, et dont le nom, comme un symbole d'espérance moissonnée trop matin, est sans cesse invoqué même en dehors de la foi catholique et semble aujourd'hui presque un gage de concorde entre les chrétiens.

Si le charme de tels ouvrages ne peut être apprécié que par ceux qui les lisent, l'effet de votre parole peut encore moins être compris de quiconque ne l'a point entendue. Ce n'est pas dans la chaire proprement dite que vous avez fait vos preuves; vous n'auriez pu sans imprudence en braver les fatigues; mais le professorat dans un local restreint, des instructions, des conférences dans de simples chapelles, ont mis au jour un des dons les plus rares que vous ayez reçus, l'art de parler et de convaincre sans effort et comme à demi-voix, ou, pour mieux dire, la plus facile, la plus pénétrante éloquence. Aussi vous attirez les âmes par la douce chaleur de vos convictions et de votre bonté. En vous faisant aimer vous apprenez à croire. Secourable à ceux qui fléchissent sous les épreuves de la vie et qui la trouvent longue, plus secourable encore à ceux qui, près de la quitter, ont la consolation de recevoir, avec vos larmes et vos prières, vos confiantes exhortations!

Ce qui vous soutient, Monsieur, dans votre tâche, c'est une passion, la plus chrétienne des passions, mais chez vous toujours jeune et ardente, l'amour de vos semblables. Vous aimez tant les hommes qu'il vous est impossible de ne pas espérer qu'un jour, sur cette terre, ils seront moins aveugles et moins malheureux, que dis-je? peut-être même parfaitement heureux. Il est vrai que vous êtes patient, que vous comptez par siècles plutôt que par années, et que, ce souverain bonheur, vous ne le promettez que sous le bénéfice d'une perfection morale qui peut longtemps se faire attendre. Mais vous croyez que, si l'homme le veut, de tels progrès s'accompliront, que les conditions de notre race et du monde qu'elle habite en seront entièrement transformées. N'est-ce pas une utopie, un rêve généreux? Vous demandez qu'on ne réponde qu'après vous avoir entendu. Un livre est là tout récemment éclos, à peine mis au jour, le dernier-né de vos enfants, l'objet de vos prédilections, depuis longues années conçu, prémédité par vous; vous priez qu'avant tout on le lise. Et en effet, rien de plus séduisant que cette *Loi de l'histoire,* ainsi présentée par vous. Vous tracez le tableau des progrès accomplis et vos raisons d'en attendre bien d'autres avec tant de chaleur, d'émotion, d'enthousiasme, que votre conviction devient contagieuse, et que les moins optimistes, séduits par le talent, sont bien près d'adopter la croyance.

Nous avons grand besoin, Monsieur, de cette jeunesse d'esprit, de ces trésors d'espérance que vous nous apportez, pour nous fortifier contre le souvenir de pertes irréparables. C'est ici notre sort de ne prononcer jamais une parole de bienvenue, sans y joindre aussitôt ces tristes mots de regrets et d'absence. Regrets toujours pénibles, mais autrement durables et profonds lorsque ceux qui nous quittent ne furent pas seulement nos confrères, lorsqu'ils ont occupé dans l'histoire de leur temps une place considérable et jeté sur la compagnie comme un reflet de leur illustration.

Tel fut, Monsieur, celui dont vous avez à si bon droit recueilli l'héritage. Pour moi, c'est une émotion vive, je dois le dire, que de parler de lui à cette place. D'abord, ce qui est déjà quelque chose, je n'ai guère rencontré dans ma vie un homme aussi parfaitement aimable et bienveillant, et les encouragements que ma jeunesse en avait reçus m'ont toujours pénétré d'une reconnaissance que cette mort ne fait que raviver; mais le nom de M. de Barante me dit encore bien autre chose. Tout ce que les hommes de mon âge, au prix d'efforts, parfois heureux, souvent déçus, ont entrepris de bon, d'utile, de généreux, d'honnête, aussi bien sur le terrain des lettres que dans le champ de la politique, ce nom a la vertu de me le rappeler. Il me transporte dans un temps d'activité féconde où l'horizon semblait s'ouvrir plein de promesses et de lumière, où les esprits n'étouffaient pas dans le doute et la lassitude, où nous espérions tous léguer à nos neveux non pas un âge d'or où ne seraient éclos que des œuvres de bon goût et des actes de bon gouvernement, mais tout au moins quelques principes, les fondements, les premières bases d'un édifice que nos pères croyaient avoir conquis par tant de larmes et de sang!

D'où vient que ce double espoir, ce double rêve, l'honneur des lettres, l'établissement de la vraie liberté, semblent si naturellement s'associer à ce nom? D'autres champions de la même cause ont, à la même époque, brillé d'un éclat plus vif, livré de plus grands combats, et dans les luttes de tribune, et dans le maniement des affaires; d'autres aussi, dans les lettres, se sont élevés à des hauteurs plus grandes, à plus de perfection de style, à plus d'audace et d'originalité : nul n'a mené de front avec autant de constance, de modestie et de succès ces deux missions que lui imposait sa nature, les lettres et les affaires, la vie publique et la vie de l'esprit; nul enfin, ce qui explique encore mieux cette sorte de faveur qui s'attache à son nom, nul, depuis le commencement du siècle, dans les questions de critique littéraire et d'histoire, aussi bien que de droit public et d'administration, n'a fait preuve d'autant d'à-propos ; toujours prêt avant tous les autres, prenant le premier la parole et n'en disant pas moins, assez souvent, le dernier mot.

Si l'Académie, par exemple, mettait aujourd'hui au concours un examen critique de notre littérature au dix-huitième siècle, que pourraient faire les concurrents, à supposer qu'avec sagacité ils missent à profit soixante années d'expérience, recueillant ce que dans l'intervalle les esprits les plus éminents ont pu dire de plus juste sur ces délicates questions? Pourraient-ils faire autre chose que répéter, avec moins de bonheur peut-être et moins de perspicacité, ce qu'en 1806, à vingt-quatre ans, écrivait M. de Barante? On reste confondu à chaque trait de ce tableau : est-ce bien sous le premier Empire, n'est-ce pas hier qu'il a été tracé? De quelles intolérances, de quels préjugés fallait-il s'affranchir pour s'établir ainsi, dès le début du dix-neuvième siècle, juge impartial des écrivains du dix-huitième! Qui les lisait alors sans passion et sans parti pris? Ceux qui leur imputaient les malheurs et les crimes de la révolution n'en parlaient qu'avec invectives, moins en juges qu'en accusateurs; les autres, c'est-à-dire la France presque entière, étaient à leurs genoux, plus dévotement crédules aux doctrines encyclopédistes qu'aucun siècle du moyen âge ne l'a jamais été aux saintes Écritures. Dès lors quelle nouveauté, quelle étrange entreprise que d'oser, à la fois, briser l'idole et ne pas méconnaître ce qu'au fond de ce triste culte, de ces dangereuses idées, il y avait eu de résultats utiles, de nobles intentions, de vrais bienfaits providentiels ! Si ce n'est pas l'intuition du génie, c'est une rare clairvoyance, une sorte de divination que de lire ainsi dans l'avenir et de devancer de si loin les jugements de la postérité. Il est vrai qu'une femme illustre inaugurait alors, par ses écrits et sa conversation, les voies nouvelles de ce siècle naissant et lui donnait de viriles leçons d'indépendance intellectuelle, à la fois respectueuse et hardie ; mais, si les souvenirs de Coppet, ces généreux conseils, ce souffle inspirateur devaient agir puissamment sur le jeune écrivain, on ne peut pas dire que l'influence en fût directe dans son livre, qu'il s'y manifestât la moindre trace d'imitation et que sa nature d'esprit en fût le moins du monde altérée.

J'en dis autant d'une autre de ses œuvres, née d'une inspiration d'un genre tout différent. La veuve d'un noble chef, d'un des héros des guerres de la Vendée, s'adresse à lui et lui confie, avec un rare discernement, ses plus intimes impressions, ses vivants souvenirs, le priant d'en composer une image fidèle de ces terribles luttes dont elle fut le témoin courageux ; ce n'est pas à un des siens, c'est à lui, ami des nouvelles idées, à lui, sous-préfet de l'Empire, qu'elle demande de faire comprendre, d'honorer dignement et l'héroïsme vendéen, et la grandeur morale d'une insurrection ; l'œuvre semble impossible ; il s'en charge, et nous donne non-seulement un récit plus attachant, plus dramatique que le plus beau roman, mais un nouvel exemple de cette impartialité naturelle et précoce que nous admirions tout à l'heure. Dans sa sous-préfecture, au cœur de l'ancien Bocage, sur ce sol dévasté, sur ces cendres encore fumantes, il avait apaisé, pacifié les esprits, ramené la concorde et obtenu l'obéissance; il trouve encore le secret de satisfaire dans ce livre les plus fidèles débris de la cause vaincue, sans déserter ses propres opinions.

Quelques années plus tard l'Empire était tombé, et la France, subitement dotée des libertés les plus réelles qu'elle eût encore connues, et telles que jamais peut-être elle n'en retrouvera, la France était, en politique, si difficile à contenter alors, qu'elle se croyait déshéritée du trésor qu'elle avait en sa main et ne songeait qu'à se plaindre; tandis qu'en matière de goût son infatigable patience s'accommodait docilement au joug des traditions même les plus surannées. Aujourd'hui qu'il est en autrement et que du côté des lettres nous pourrions bien avoir en trop ce qui nous manque encore de l'autre, on a peine à s'imaginer qu'il ait fallu guerroyer pendant près de dix ans pour faire renoncer ce pays à la superstition des règles et des convenances. Rien n'est plus vrai pourtant : ce fut une croisade où les plus grands esprits, où les hommes d'État non moins que les poëtes s'enrôlèrent à l'envi. Dès les premiers symptômes de cette émancipation nouvelle, M. de Barante était prêt, fidèle à ses habitudes de diligence et d'à-propos; résolu, mais toujours modéré, et, bien qu'à l'avant-garde, songeant à diriger, à contenir le mouvement plutôt qu'à l'accélérer.

C'était aux littératures étrangères qu'avant tout nous

devions nous faire initier. Shakespeare venait d'être traduit, M. de Barante se chargea d'interpréter Schiller; puis, laissant là le rôle de traducteur, il ne tarda pas à payer, de son propre fonds, par un exemple original, un plus large tribut à sa cause. Je veux parler de cette heureuse tentative, de cette intelligente nouveauté venue juste à son temps, de l'*Histoire des ducs de Bourgogne.* Vers cette époque, de 1824 à 1828, une forme nouvelle de la vérité historique se produisait en Europe; elle descendait du Nord, des montagnes d'Écosse, sous l'apparence du roman, et bientôt on peut dire qu'elle était répandue dans l'air et pénétrait partout. Chez nous elle provoqua une éclosion féconde de recherches et de savants travaux, en même temps qu'elle donnait un nouveau charme et un nouveau crédit au naïf témoignage de nos vieux chroniqueurs et de nos premiers historiens. M. de Barante, aussitôt, conçut l'idée de faire en société avec Froissart et Commines, en s'imprégnant de leur esprit, en s'abstenant de toute réflexion personnelle, de tout raisonnement et de tout plaidoyer, le simple et fidèle tableau, le calque pittoresque de la société française au XIVe et au XVe siècle. Est-ce à dire qu'il n'entendait parler qu'aux yeux, qu'il prétendait ne rien prouver, et qu'il donnait à l'épigraphe dont il avait fait choix un sens purement littéral? Le livre est là qui nous dit le contraire. Rien, à coup sûr, ne plaide mieux en faveur des bienfaits de la civilisation que cette peinture exacte, détaillée, vivante, d'un peuple encore courbé sous l'empire de la force, sans autre protection que des lois impuissantes et des mœurs à demi barbares.

C'est donc prouver que raconter ainsi, et, de plus, c'est charmer son lecteur. Aussi quel succès rapide, éclatant! Au bruit de la faveur publique les portes de cette enceinte s'ouvrirent comme d'elles-mêmes devant le nouvel historien. Sa destinée ne se démentait pas : de toute sa génération, de tous ces éminents esprits unis par un même amour de la vraie liberté, c'est à lui qu'allait appartenir l'honneur de franchir le premier le seuil de l'Académie.

Enfin c'est encore lui qui, au plus fort de la tourmente dont ce pays fut assailli, voilà vingt ans, lorsque d'impuissants parodistes nous fatiguaient de leurs apothéoses du comité de salut public et voulaient imposer à la France la reconnaissance et l'amour pour les bienfaits de la Convention, c'est lui qui, en quelques mois, dans sa retraite de Barante, improvisait ces trois volumes où la redoutable assemblée se laisse voir à nu, telle qu'elle était, comme dans un effrayant miroir. Cette fois il faisait mieux que d'arriver à temps, il faisait acte de courage. Le succès le soutint, il poursuivit son œuvre et nous donna l'*Histoire du Directoire*, travail plus achevé, qui, d'un côté, révèle dans ses moindres misères cette triste époque, cette politique d'expédients et de corruption; et, de l'autre, jette un jour vraiment neuf, une clarté pénétrante sur l'homme extraordinaire qui, en renversant le Directoire, allait rendre sans doute à la France un service, mais un service payé si cher!

Voilà bien des travaux, et j'en pourrais citer tant d'autres! Comment omettre, par exemple, cette remarquable étude sur *les Communes et l'Aristocratie*, ou plutôt, sur l'abus de la centralisation administrative? Ne dirait-on pas qu'elle aussi vient à peine de naître, tant les idées en sont encore nouvelles, bien qu'elle ait tout à l'heure cinquante ans? et cette *Vie de Royer-Collard* qui encadre et enchaîne si bien ces discours admirables et qui en fait comme un cours pratique de théories parlementaires et d'esprit constitutionnel; et ces pages sur *Matthieu Molé*, seule trace qui nous reste d'une œuvre inachevée, d'une histoire que l'auteur s'était promis d'écrire, l'histoire du parlement de Paris; et tant de fragments, d'études, de notices, de biographies, d'écrits de circonstance, réunis en de si nombreux volumes; ne semblerait-il pas qu'il y avait là de quoi remplir deux vies comme la sienne, même aussi longues et aussi laborieuses? Eh bien! non, chez M. de Barante tout cela n'est que délassement: c'est le fruit de ses heures de repos, de ses jours de retraite; sa vie active, sa véritable vie n'est pas là: il aimait tendrement les lettres, mais les lettres ne suffisaient ni à son esprit ni à son âme; il avait besoin d'autre chose: il lui fallait un devoir à remplir, du bien à faire, une occasion d'agir, non-seulement sur soi-même, en travaillant à son perfectionnement moral, mais sur les autres, par l'amélioration de la destinée commune, par le triomphe des idées de justice et de liberté. Et, chose étrange, ce besoin d'action n'excitait pas en lui la passion du pouvoir. Il n'avait soif que d'être utile, sans aspirer au premier rang. Les agitations, les hasards, la responsabilité d'un ministère ne l'auraient pas séduit, l'auraient troublé peut-être ; sa vocation l'en détourna. Il s'était plu, dans sa jeunesse, aux emplois de la haute administration ; son âge mûr allait trouver, à un degré plus haut, dans les fonctions d'ambassadeur un exercice encore plus propre à son genre d'activité. Cette intervention indirecte dans les plus grandes affaires, cette participation aux secrets de l'État entremêlée de la vie du monde et du silence du cabinet, c'était une combinaison qui semblait inventée pour lui.

Le seul défaut de cette vie où la conversation, la parole fugitive, joue un rôle si grand, c'est d'échapper à la postérité. Si M. de Barante n'avait été qu'administrateur et diplomate, que nous resterait-il de lui ? Déjà, malgré ses livres, c'est le bien peu connaître que de ne pas l'avoir entendu causer. Dans cette façon d'émettre sa pensée, il avait, j'ose dire, une supériorité rare, plus de trait, de couleur, de mouvement que dans sa parole écrite. Le peu de soin qu'il semblait y prendre, une sorte de négligé, tout au moins apparent, et pas toujours exempt d'une douce malice, prêtaient à ces causeries un agrément extrême. Au lieu de faire parade des mots heureux qui lui venaient en foule, et loin de les mettre en lumière, il semblait plutôt les éteindre dans une sorte de demi-jour, baissant la voix de préférence presque toujours au bon endroit. Si bien que maintes fois ce n'était qu'après coup, par réflexion, pour ainsi dire, qu'on sentait tout le sel de ce qu'il avait dit.

Si quelque chose peut donner une idée de cette conversation désormais disparue, ce sont peut-être les Mémoires où M. de Barante a raconté sa vie avec une vivacité et une fraîcheur de coloris qui sentent presque l'improvisation. Par malheur, ces Mémoires ne vont guère au-delà de sa trentième année, et ils sont encore inédits. Mais le public en connaît quelques pages charmantes, enchâssées récemment avec un si grand art dans le noble et affectueux hommage qu'un de nos plus éloquents confrères a voulu rendre à son ami. M. de Barante, en effet, a eu cette fortune qu'à peine hors de ce monde, et sa tombe encore entr'ouverte, les amitiés les plus fidèles, les plus illustres et même aussi les plus modestes, se sont hâtées, à qui mieux mieux, de raconter si parfaitement sa vie et de lui rendre si complète justice, qu'aujourd'hui nous n'avons plus ici, pour honorer sa mémoire, qu'à essayer de leur servir d'écho.

Mais de tous ces éloges, le meilleur, j'ose dire, c'est de lui seul qu'il le tiendra, lorsque le temps aura permis que les nombreuses dépêches écrites par lui dans ses deux ambassades soient livrées à la publicité. Même pour l'écrivain, cette révélation ne sera pas sans honneur, car, excepté peut-être dans ses Mémoires, jamais sa plume ne s'est montrée plus souple et plus habile qu'en traçant ces rapides dépêches ; et, quant au politique, je ne crains pas d'affirmer que ses meilleurs amis auront eux-mêmes, en le lisant, d'agréables surprises, tant sa discrète modestie aimait à laisser ignorer les occasions de clairvoyance qu'il avait su le mieux saisir. Savent-ils, par exemple, que plus d'un mois avant l'expédition d'Ancône, lorsque l'armée autrichienne menaçait seulement d'occuper les Romagnes, et que le grand et courageux ministre qui déjà méditait cet acte d'énergie, son éternel honneur, ne se livrait encore qu'à de secrets préparatifs, son parti pris, mais personne n'en ayant confidence, des dépêches arrivèrent de Turin où les raisons qui devaient le mieux l'affermir dans son projet étaient spontanément offertes et discutées, des dépêches qui demandaient que le drapeau de la France flottât bientôt sur l'un des deux rivages des États de l'Église, affirmant que c'était le moyen d'éviter, non d'allumer la guerre, le seul moyen de ne pas perdre toute influence en Italie ? Ce n'est certes pas un mérite vulgaire et un instinct peu clairvoyant que d'avoir si bien deviné, de s'être ainsi associé, même seulement par un vœu, à cette mémorable entreprise.

Si je n'avais hâte de finir, je demanderais qu'on me permît d'être juste envers tout le monde. L'ambassadeur ne grandira pas seul quand ses dépêches seront connues ; la politique qu'il a suivie, le pouvoir dont il fut l'interprète, recevront aussi quelque honneur de ses révélations. Où voulez-vous connaître mieux la valeur d'un gouvernement que dans ces entretiens secrets, à travers la frontière, entre ses agents et lui ? Vous lisez dans ses intentions, vous voyez ce qu'il commande, vous savez ce qu'il veut, et partant ce qu'il vaut. Qui d'ailleurs mieux que M. de Barante peut ici vous servir de guide ? Il a pour chefs ses amis les plus sûrs ; avec eux il parle à cœur ouvert ; il vous fait pénétrer au fond de leurs pensées. Voyez de quels moyens, vis-à-vis des puissances même les moins amies, l'emploi lui est prescrit ! quelle loyauté scrupuleuse ! quel respect de la foi jurée! quel ménagement des droits de tous! et quand son regard se tourne vers la France, avec quelle émotion il assiste de loin à ces continuels assauts que ses amis soutiennent! comme il les encourage, tout méconnus qu'ils soient, à persister dans leur noble gageure, à ne vouloir d'autre liberté que la liberté pour tous, à la défendre sans jamais se permettre la plus légère atteinte à la plus stricte légalité! comme il essaye enfin d'ouvrir les yeux à cette Europe, ou tout au moins à ces deux cours près desquelles il est accrédité, malveillantes par aveuglement, et s'obstinant à ne pas voir que c'est leur cause aussi et l'avenir du monde qu'il s'agit de sauver à Paris!

N'insistons pas; il est des justices tardives, mais assurées; et, vous avez raison, Monsieur, il en est même dès ce monde, je n'en veux pour preuve que l'heureux et beau déclin de cette vie que j'essaye de peindre, les vingt dernières années qui la couronnent si noblement!

Que M. de Barante, le jour où fut brisé le trône constitutionnel, ait renoncé, et pour toujours, à la vie des affaires, à cette activité pratique, sa constante prédilection, il n'y a rien là dont je songe à lui faire un mérite, pas plus que je ne lui tiens grand compte d'avoir deux autres fois, dans le cours de sa vie, résigné des fonctions qu'il aimait, pour rester fidèle à sa cause. Chez les âmes d'une certaine trempe, cette sorte de façon d'agir, qu'il faudrait remarquer et admirer chez d'autres, est tellement naturelle qu'on semblerait les méconnaître et les classer hors de leur rang, en leur en sachant trop de gré : mais ce qui n'est pas donné à tous ces cœurs d'élite, même aux plus purs et aux plus généreux, c'est de savoir entrer dans la retraite sans renoncer à l'action; de remplacer la vie qu'ils perdent par une autre vie qu'ils se donnent, non moins active et plus féconde encore. Ce rare secret, M. de Barante l'a connu et en a fait, pour son bonheur, le plus habile usage. L'étude, à la rigueur, le travail, auraient pu suffire; il y joignit la bienfaisance, l'active charité, le don de faire mieux que l'aumône, de se donner soi-même, de s'occuper des autres et d'en prendre souci, de les aimer, pour tout dire en un mot, et de s'en faire aimer. Chrétien de cœur, à mesure qu'il avançait en âge, on peut dire que la foi s'affermissait et grandissait en lui, non la foi qui s'en tient aux dogmes et aux pratiques, la foi qui passe dans les œuvres et qui engendre la vertu.

Aussi, quelque brillantes et désirables que soient les premières phases de sa vie, si j'avais à opter, c'est la dernière que je voudrais choisir. Que de faveurs du ciel, que de bénédictions en échange de quelques biens fragiles! Il n'a connu de la disgrâce que les heureux côtés, le calme et la solitude. Le soin de son honneur ne lui a commandé que de douces épreuves. On ne l'a pas vu, comme l'auguste exilé dont il fut le représentant, chercher sur la terre étrangère un asile, puis un tombeau. Son exil, à lui, volontaire exil, a été le berceau de ses pères, un pays qu'il aimait, sa chère Auvergne, ses vieux ombrages qu'il avait embellis. Et les soins d'une tendre famille, nombreuse encore, même après d'irréparables coups, l'ont toujours entouré, et la compagne de sa vie, son guide et son émule dans l'art de faire le bien, il a pu, jusqu'à l'heure du départ, la voir, la sentir près de soi ! Ce n'est pas encore tout : une autre récompense, plus rare et plus inattendue, lui était réservée. Lui qui jamais n'avait brigué les faveurs de la foule, qui constamment et vivement avait adopté, défendu ce qu'il y a de moins populaire au monde, les idées modérées, indépendantes, la pure raison, la simple vérité, il avait pendant ces vingt ans de loisir si dignement, si saintement remplis, répandu dans toutes ces contrées, de proche en proche, et comme à son insu, de telles semences de gratitude et de vénération, qu'au jour où il quitta ce monde, ce fut une explosion générale et profonde de la douleur publique, un deuil si vrai et si universel, que jamais, nulle part, je le dis sans hyperbole, jamais ne s'étaient vues de telles funérailles, et autour d'un cercueil une telle ovation posthume.

S'il était mort ambassadeur, son corps eût reposé peut-être sous de plus magnifiques tentures ; mais cette popularité, la vraie, la bonne, celle de la douleur et des larmes, sa mémoire l'aurait-elle obtenue ? N'est-ce pas là, Monsieur, un consolant symptôme et comme un enseignement pratique des vérités que votre cœur vous révèle et vous ordonne de propager ? Le spectacle de ces funérailles autorise vos espérances ; quand on voit rendre de tels hommages non pas à la puissance, mais simplement à la vertu, il est permis de dire aux hommes que, s'ils le voulaient bien, ils pourraient trouver sur la terre un avant-goût de l'éternel bonheur.

LIBRAIRIE ACADÉMIQUE

DIDIER ET CIE

PARIS
35, QUAI DES AUGUSTINS, 35
1868

EN VENTE

LE PORTRAIT DE LA COMTESSE ALBERT DE LA FERRONNAYS

Belle gravure de FLAMENG, d'après le dessin original de Mme la marquise de Caraman.
Pour les souscripteurs au *Récit d'une sœur* (éditions in-8°), 75 centimes.
Sur grand papier, 1 fr. 25. — Épreuves d'artiste sur chine, et avant la lettre, 4 fr.

LE LIVRE DES HIRONDELLES

Publié par l'éditeur de *Maurice et Eugénie de Guérin*
2e édition, tirée à 100 exemplaires. 1 vol. in-8, imprimé en caractères elzéviriens sur papier vergé, avec eau-forte. 7 fr. 50

OUVRAGES SOUS PRESSE

DESNOIRESTERRES. Voltaire au château de Cirey, 1 vol. in-8.

AUG. VITU. Histoire civile de l'armée. 1 vol. in-8.

MALOUET. Mémoires, publiés par son petit-fils. 2 vol. in-8.

CAMILLE ROUSSET. Le comte de Gisors, 1 vol. in-8.

CHARLES CLÉMENT. Géricault. 1 vol. in-8.

PHILARÈTE CHASLES. Voyages d'un critique à travers la vie et les livres. Italie. 1 vol.

ARSÈNE HOUSSAYE. Léonard de Vinci. 1 vol. in-8

J.-J. AMPÈRE. Formation de la langue française. Nouvelle édit. revue. 1 vol. in-8.

AD. JOBEZ. La France sous Louis XV. Tome V et suiv.

HERMANN DIETZ. Histoire de la littérature allemande, depuis ses origines jusqu'à nos jours, 1 vol.

L'abbé **HUREL. L'art religieux contemporain.** 1 vol.

LEROY DE LA MARCHE. La chaire française au moyen âge. 1 vol. in-8.

PERRENS. Les Mariages espagnols. 1 vol. in-8.

ÉDELST. DUMÉRIL. Histoire de la comédie. Période littéraire. 1 vol.

ÉDOUARD FOURNIER. Molière au théâtre et chez lui. 1. vol.

Le général CREULY et ALEX. BERTRAND. Commentaires de César. Guerre des Gaules. Deuxième volume.

LIBRAIRIE ACADÉMIQUE DIDIER ET CIE

35, Quai des Augustins, à PARIS

HISTOIRE — LITTÉRATURE — PHILOSOPHIE

ÉDITIONS IN-8

AMPÈRE (J. J.)

Histoire littéraire de la France avant et sous Charlemagne. Nouv. édit. 3 vol. in-8. . . . . 22 fr. 50

La Philosophie des deux Ampère, publiée par M. J. Barthélemy Saint-Hilaire. 1 vol. in-8. . . . . 7 fr. 50

La Grèce, Rome et Dante, études littéraires d'après nature. 3e édition. 1 vol. in-8. . . . . 7 fr. 50

La Science et les Lettres en Orient. 1 vol. in-8. . . . . 7 fr. 50

D'ASSAILLY

Les Chevaliers poëtes de l'Allemagne. — *Minnesinger.* 1 vol. in-8. . 5 fr.

BABOU (H.)

Les Amoureux de madame de Sévigné. 1 vol. in-8. . . . . 6 fr.

BADER (CLARISSE)

La Femme biblique. Sa vie morale et sociale, sa participation au développement de l'idée religieuse. 1 vol. in-8. . . . . 7 fr.

La Femme dans l'Inde antique. (*Ouvrage couronné par l'Académie française*). 1 vol. in-8. . . . . 7 fr.

BAGUENAULT DE PUCHESSE.

L'Immortalité — la Mort et la Vie. — Etude sur la destinée de l'homme, précédée d'une lettre de Mgr l'évêque d'Orléans. 1 vol. in-8. . . . . 7 fr.

BARANTE

Vie politique de M. Royer-Collard.—*Ses discours et ses écrits.* 2 v. in-8. 14 fr.

Vie de Mathieu Molé. — *Le Parlement et la Fronde.* 1 vol. in-8. . . . . 7 fr.

Histoire du Directoire de la République française, *complément de l'Histoire de la Convention.* 3 forts volumes grand in-8 cavalier. . . . . 21 fr.

Études historiques et biographiques. 2 vol. in-8. . . . . 14 fr.

Études littéraires et historiques. 2 vol. in-8. . . . . 14 fr.

Pensées et réflexions morales et politiques du comte de Ficquelmont, précédées d'une notice par M. de Barante. 1 vol. in-8. . . . . 6 fr.

Œuvres dramatiques de Schiller, trad. de M. de Barante. Nouvelle édition revue. 3 vol. in-8. . . . . 15 fr.

BARET (E.)

Les Troubadours et leur influence sur les littératures du Midi de l'Europe. 1 vol. in-8. . . . . 7 fr.

BARTHÉLEMY (ED. DE)

La Galerie des Portraits de mademoiselle de Montpensier : recueil des Portraits et Eloges des seigneurs et dames les plus illustres de France, la plupart composés par eux-mêmes. Nouvelle édition, avec notes. 1 vol. in-8 . 6 fr.

BASTARD D'ESTANG

Les Parlements de France. Essai historique sur leurs usages, leur organisation et leur autorité. 2 forts volumes in-8. . . . . 15 fr.

BAUDRILLART

Publicistes modernes. 1 fort vol. in-8. . . . . 7 fr.

Jean Bodin et son temps. Tableau des théories politiques et des idées économiques au XVIe siècle. 1 vol. in-8. . . . . 7 fr.

BAUTAIN (L'ABBÉ)

La Conscience, ou la Règle des actions humaines. 1 vol. in-8. . . . . . 6 fr.

BERSOT (ERN.).

Essais de philosophie et de morale. 2 vol. in-8. . . . . 12 fr.

BERTAULD

Philosophie politique de l'histoire de France. 1 vol. in-8. . . . . . 6 fr.
La Liberté civile. Nouv. études sur les publicistes contemporains. 1 v. in-8. 7 fr.

BERTRAND (ALEX.) ET GÉNÉRAL CREULY

Guerre des Gaules. Commentaires de J. César. Trad. nouv. avec texte, accompagnée de notes topographiques et militaires, suivie d'un index biographique et géographique. 2 vol. in-8 (le 1er est en vente). . . . . 14 fr.

BLAMPIGNON

Étude sur Malebranche d'après les documents inédits. (*Ouvrage couronné par l'Académie française.*) 1 volume in-8. . . . . 4 fr.

J. F. BOISSONADE

Critique littéraire sous le Ier empire, avec une notice par M. Naudet, de l'Institut, et une étude de M. F. Colincamp, etc. 2 forts vol. in-8 avec portrait. 15 fr.

BONNECHOSE (ÉMILE DE)

Histoire d'Angleterre, depuis les temps les plus reculés jusqu'à l'époque de la Révolution française, avec un résumé chronologique des événements jusqu'à nos jours. (*Ouvrage couronné par l'Académie française.*) 2e édit. 4 vol in-8. . 24 fr.

BROGLIE (DUC DE)

Écrits et Discours. Philosophie, littérature, politique. 3 vol in-8. . . . 18 fr.

BROGLIE (A. DE)

L'Église et l'Empire romain au IVe siècle. — 3 parties en 6 vol. in-8. 42 fr.
Le Prince de Broglie et dom Guéranger, par l'abbé Marty, in-8. . . 1 fr.

BUNSEN (C. C. J. DE)

Dieu dans l'histoire, traduction de M. Dietz, avec une étude biographique par M. Henri Martin, 1 fort vol. in-8 . . . . 7 fr. 50

CARNÉ (L. DE)

Les Fondateurs de l'Unité française. Suger, saint Louis, Du Guesclin, Jeanne d'Arc, Louis XI, Henri IV, Richelieu, Mazarin. 2 vol. in-8. . . . . . 14 fr.
La Monarchie française au XVIIIe siècle. Études historiques sur les règnes de Louis XIV et de Louis XV. Nouv. édit. 1 vol. in-8. . . . . 7 fr.
L'Histoire du Gouvernement représentatif en France (Études sur), de 1789 à 1848. (*Ouvrage couronné par l'Académie française.*) 2 vol. in-8. . . . . 14 fr.

CASELLI (Dr)

La Réalité ou Accord du spiritualisme avec les faits, etc. 1 vol. in-8. . . 6 fr.

CHAMPOLLION LE Jne.

Lettres écrites d'Égypte et de Nubie en 1828 et 1829. Nouv. édit. 1 vol. in-8 avec planches. . . . . 7 fr. 50

CHASLES (PHIL.)

Voyages d'un critique à travers la vie et les livres — Orient. 1 volume in-8. . . . . 7 fr.

CHASLES (ÉMILE)

Michel de Cervantes. Sa vie, son temps, etc. 1 vol. in-8. . . . . . . 7 fr. 50
La Comédie au XVIe siècle. 1 vol. in-8. . . . . 5 fr.

CHASSANG

Apollonius de Tyane, sa vie, ses voyages, ses prodiges, par Philostrate, et ses Lettres ; ouvr. trad. du grec, avec notes, etc. 1 vol. in-8. . . . . 7 fr.

Histoire du Roman dans l'antiquité grecque et latine, et de ses rapports avec l'histoire. (*Ouvrage couronné par l'Académie des inscriptions.*) 1 vol. in-8. 7 fr.

CLÉMENT (PIERRE)

La Police sous Louis XIV. 1 vol. in-8. . . . . 7 fr. 50

Jacques Cœur et Charles VII, ou la France au xvᵉ siècle. Nouv. édition revue. 1 fort vol. in-8. Portrait et grav. . . . . 8 fr.

Enguerrand de Marigny, *Beaune de Semblançay, le chevalier de Rohan.* Episode de l'histoire de France. 2ᵉ édition. 1 vol. in-8. . . . . 6 fr.

COMBES (F.)

La Princesse des Ursins. Essai sur sa vie et son caractère politique. 1 v. in-8. 6 fr.

COURCY (MARQUIS DE)

L'Empire du Milieu. État et description de la Chine. 1 fort vol. in-8. . . . 9 fr.

COURDAVEAUX

Caractères et Talents. Études de littérature ancienne et moderne, 1 vol in-8. 6 fr.

Entretiens d'Épictète, trad. nouvelle et complète. 1 vol. in-8. . . . . . 7 fr.

COUSIN (V.)

La Jeunesse de Mazarin. 1 fort vol. in-8. . . . . 7 fr. 50

La Société française au XVIIᵉ siècle, d'après le *Grand Cyrus,* roman de mademoiselle de Scudéry. 2 beaux vol. in-8 . . . . 14 fr.

Madame de Chevreuse. 2ᵉ édit. 1 vol. in-8, orné d'un joli portrait. . . 7 fr.

Madame de Hautefort. 1 vol. in-8. avec un joli portrait. . . . . 7 fr.

Jacqueline Pascal. 4ᵉ édition. 1 vol. in-8, *fac-simile.* . . . . 7 fr.

La Jeunesse de madame de Longueville. 4ᵉ édition, revue et augmentée. 1 vol. in-8, 2 portraits. . . . . 7 fr.

Madame de Longueville pendant la Fronde (1651-1653) 1 vol. in-8. . 7 fr.

Madame de Sablé. 2ᵉ édition. 1 vol. in-8, avec portrait. . . . . 7 fr.

Études sur Pascal. 1 vol. in-8. . . . . 7 fr.

Fragments et Souvenirs littéraires. 1 vol. in-8. . . . . 7 fr.

Premiers Essais de Philosophie. Nouv. édit. 1 vol. in-8. . . . . 6 fr.

Philosophie sensualiste du XVIIIᵉ siècle. Nouvelle édit. 1 vol. in-8. 6 fr.

Introduction à l'Histoire de la Philosophie. Nouv. édition. 1 vol. in-8. . 6 fr.

Histoire générale de la Philosophie depuis les temps les plus anciens jusqu'au xixᵉ siècle. 7ᵉ édit. 1 vol. in-8. . . . . 7 fr. 50

Philosophie de Locke. Nouvelle édition entièrement revue. 1 vol. in-8. 6 fr.

Du Vrai, du Beau et du Bien, 12ᵉ édit. 1 vol. in-8 avec portrait. . . . 7 fr.

Fragments pour servir à l'histoire de la philosophie. 5 vol. in-8. . 30 fr.

Séparément : **Philosophie ancienne et du moyen âge.** 2 vol. in-8. . 12 fr.

—— **Philosophie moderne.** 2 vol. in-8. . . . . 12 fr.

—— **Philosophie contemporaine.** 1 vol. in-8. . . . . 6 fr.

CRAVEN (Mᵐᵉ AUG.), NÉE LA FERRONNAYS

Récit d'une Sœur. Souvenirs de famille. 7ᵉ édition. 2 vol. in-8, avec un beau portrait. . . . . 15 fr.

DANTE

La Divine Comédie, traduct. de F. Lamennais, avec introduction, notes et le texte italien, publ. par M. E. D. Forgues. 2 vol. in-8. . . . . 14 fr

DANTIER (ALPH.)

Les Monastères bénédictins d'Italie. Souvenirs d'un voyage littéraire au delà des Alpes. (*Ouvrage couronné par l'Académie française.*) 2 beaux v. in-8. 15 fr.

DAUDVILLE

Physiologie des instincts de l'homme, 1 vol. in-8. . . . . 6 fr.

DELAUNAY (FERD.)

Philon d'Alexandrie. *Écrits historiques*, trad. et précédés d'une introduction 1 vol. in-8. . . . . 7 fr.

DESNOIRESTERRES

La Jeunesse de Voltaire. 1 vol. in-8. . . . . 7 fr. 50

DE BROSSES

Le Président de Brosses en Italie. Lettres familières écrites d'Italie en 1739 et 1740. 2e édit. revue et accomp. d'une Etude par R. Colomb. 2 vol. in-8. 12 fr.

DELÉCLUZE (E. J.)

Louis David, son école et son temps. Souvenirs. 1 vol. in-8.. . . . . . . 6 fr.

DESJARDINS (ERNEST)

Le grand Corneille historien. 1 vol. in-8. . . . . 5 fr.

Alésia (7e campagne de Jules César). Résumé du débat, etc., suivi de notes inédites de Napoléon Ier sur les Commentaires de Jules César. In-8, avec *fac-simile*. 3 fr.

CH. DESMAZE

Le Châtelet de Paris, son organisation, ses privilèges, etc. 1 vol. in-8. . 6 fr.

DREYSS (CH.)

Mémoires de Louis XIV pour l'instruction du dauphin. 1re édit. complète, avec une étude sur la composition des Mémoires et des notes. 2 vol. in-8. . 12 fr.

DUBOIS D'AMIENS (FRÉD.)

Éloges prononcés à l'Académie de médecine. Pariset, Broussais, Ant. Dubois, Richerand, Boyer, Orfila, Capuron, Deneux, Récamier, Roux, Magendie, Gueneau de Mussy, G. Saint-Hilaire, A. Richard, Chomel, Thénard, etc., etc. 2 vol. in-8. . . . . 14 fr.

DUBOIS-GUCHAN

Tacite et son siècle, ou la société romaine impériale, d'Auguste aux Antonins, dans ses rapports avec la société moderne. 2 beaux volumes in-8. . . . . 14 fr.

DU CELLIER

Histoire des Classes laborieuses en France, depuis la conquête de la Gaule par Jules César jusqu'à nos jours. 1 vol. in-8. . . . . 6 fr.

DU MÉRIL (ÉDELST.)

Histoire de la Comédie, période primitive. (*Ouvrage couronné par l'Académie française.*) 1 vol. in-8. . . . . 8 fr.

EICHHOFF (F. G.)

Tableau de la Littérature du Nord, au moyen age, en Allemagne, en Angleterre, en Scandinavie et en Slavonie. Nouv. édit. revue et augmentée. 1 vol. in-8. 6 fr.

FALLOUX (Cte DE)

Correspondance du P. Lacordaire avec madame Swetchine, publiée par M. de Falloux. 1 vol. in-8.. . . . .

Madame Swetchine. Journal de sa conversion, méditations et prières publiées par M. de Falloux. 1 vol. in-8. . . . . 6 fr.

Madame Swetchine. Sa vie et ses pensées, publiées par M. de Falloux. 8e édit. 2 vol. in-8. . . . . 15 fr.

JACQUINET

Des Prédicateurs au XVIIe siècle avant Bossuet. (*Ouvrage couronné par l'Académie française.*) 1 vol. in-8. . . . . 6 fr.

J. JANIN

La Poésie et l'Éloquence à Rome au temps des Césars. 1 vol. in-8. 6 fr.

JOBEZ (AD.)

La France sous Louis XV (1715-1774). Tomes I à IV parus. In-8. Prix du vol. 6 fr.

JOUSSERANDOT

La Civilisation moderne. Cours professé à l'Acad. de Lausanne. 1 v. in-8. 6 fr.

LACODRE

Les Desseins de Dieu. Essai de Philosophie religieuse et pratique. 1 v. in-8. 6 fr.

LÉON LAGRANGE

Joseph Vernet et la Peinture au XVIIIe siècle, avec grand nombre de documents inédits. 1 volume in-8. . . . . 7 fr.

Pierre Puget, peintre, sculpteur, architecte, etc. 1 vol. in-8. . . . . . . 6 fr.

LAMENNAIS

Dante. La Divine Comédie, trad. accompagnée d'une introduction et de notes, avec le texte italien, publ. par M. E. D. Forgues. 2 vol. in-8. . . . . . . 14 fr.

Correspondance inédite, publiée par M. Forgues. 2 vol. in-8. . . . . . 10 fr.

LAPRADE (V. DE)

Questions d'art et de morale. 1 vol. in-8. . . . . 7 fr. 50

Le Sentiment de la nature avant le Christianisme. 1 vol. in-8. . . 7 fr. 50

LE DIEU (L'ABBÉ)

Mémoires et Journal de l'abbé Le Dieu, sur la vie et les ouvrages de Bossuet, publiés sur les manuscrits autographes. 4 vol. in-8. . . . . 20 fr.

LÉLUT

Physiologie de la pensée. Recherche critique des rapports du corps à l'esprit. 2 vol. in-8. . . . . 12 fr.

LEMOINE (ALB.)

L'Aliéné devant la philosophie, la morale et la société. 1 vol. in-8. . . 6 fr.

LEPINOIS (H. DE)

Le Gouvernement des Papes et les Révolutions dans les États de l'Eglise, d'après des documents extraits des archives secrètes du Vatican, etc. 1 v. in-8. 7 fr.

LITTRÉ

Études sur les barbares et le moyen âge. 1 vol. in-8. . . . . . . 7 fr. 50

Histoire de la langue française. Études sur les origines, l'étymologie, la grammaire, etc 4e édit. 2 vol. in-8. 15 fr.

LIVET (CH.)

Précieux et Précieuses. Caractères et mœurs du XVIIe siècle. 1 vol. in-8. 7 fr.

La Grammaire française et les Grammairiens du XVIe siècle. (*Mention très-honorable de l'Académie des inscriptions.*) 1 fort vol. in-8. . . . . . 7 fr.

LOVE

Le Spiritualisme rationnel, à propos des divers moyens d'arriver à la connaissance, etc. 1 vol. in-8. . . . . 6 fr.

MARGERIE (A. DE)

Théodicée. Études sur Dieu, la Création et la Providence. *Ouvrage couronné par l'Académie française.* 2 vol. in-8. . . . . 12 fr.

MARTHA BECKER

Le Général Desaix. Étude historique. 1 vol. in-8, avec portrait. . . . 5 fr.

Matérialisme et spiritualisme 1 vol. in-8. . . . . 5 fr.

MARY (Dr)

Le Christianisme et le Libre Examen. Discussion des arguments apologétiques. 2 vol. in-8. . . . . 12 fr.

MATTER

Le Mysticisme en France au temps de Fénelon. 1 vol. in-8. . . . 6 fr.
Swedenborg. Sa vie, ses écrits, sa doctrine. 1 vol. in-8. . . . . 6 fr.
Saint-Martin, *le Philosophe inconnu*, sa vie, ses écrits; son maître Martinez et leurs groupes. 1 vol. in-8. . . . . 6 fr.

MAURY (ALF.)

Les Académies d'autrefois, 2 parties :
— *L'ancienne Académie des sciences.* 1 volume in-8. . . . . 7 fr.
— *L'ancienne Académie des inscriptions et belles-lettres.* 1 volume in-8. . 7 fr.
Croyances et légendes de l'antiquité. 1 vol. in-8. . . . . 7 fr.

MEAUX (Vte DE)

La Révolution et l'Empire. Étude d'histoire politique. 1 vol. in-8. . 7 fr. 50

MÉNARD (L. ET R.)

La Sculpture ancienne et moderne. (*Ouvrage couronné par l'Académie des beaux-arts.*) 1 vol. in-8 . . . . 6 fr.
Tableau historique des Beaux-Arts, depuis la Renaissance jusqu'au dix-huitième siècle. (*Ouvrage couronné par l'Académie des beaux-arts.*) 1 vol. in-8. 6 fr.
Hermès Trismégiste. Traduction nouvelle avec une étude sur les livres hermétiques. 1 vol. in-8. . . . . 6 fr.
La Morale avant les philosophes. 1 vol. in-8. . . . . 5 fr. 50

MERCIER DE LACOMBE (CH.)

Henri IV et sa politique. (*Ouvrage couronné par l'Académie française. 2e prix Gobert.*) 1 vol. in-8. . . . . 6 fr.

MÉZIÈRES (ALF.)

Pétrarque. Étude d'après des documents nouveaux. 1 vol. in-8. . . . 7 fr. 50

MICHAUD (ABBÉ)

Guillaume de Champeaux et les écoles de Paris au XIIe s. 1 vol. in-8. 7 fr. 50

MIGNET

Éloges historiques : *Jouffroy, de Gérando, Laromiguière, Lakanal, Schelling, Portalis, Hallam, Macaulay.* 1 vol. in-8. . . . . 6 fr.
Portraits et notices HISTORIQUES ET LITTÉRAIRES. Nouvelle édition 2 vol. in-8. . . . . 10 fr.
Charles-Quint, SON ABDICATION, SON SÉJOUR ET SA MORT AU MONASTÈRE DE YUSTE. 5e édit., revue et corrigée. 1 beau vol. in-8. . . . . 6 fr.
Histoire de la Révolution française, de 1789 à 1814. 9e édit. 2 vol. in-8. 12 fr.

MILLET

Histoire de Descartes avant 1637. 1 vol. in-8. . . . . 7 fr. 50

MOLAND (LOUIS)

Molière et la Comédie italienne. 1 vol. in-8 illustré de 20 types de l'ancien théâtre italien, gravés d'après Callot, etc. . . . . 7 fr.
Origines littéraires de la France. Roman, Légende, Prédication, Poétique, etc. 1 vol. in-8. . . . . 6 fr.

MONNIER (F.)

Le Chancelier d'Aguesseau, etc., avec des documents inédits et des ouvrages nouveaux du Chancelier. (*Ouvr. cour. par l'Acad. franç.*) 2e édit. 1 vol. in-8. 6 fr.

MONTALEMBERT (COMTE DE)

L'Église libre dans l'État libre. Discours prononcé au congrès de Malines. 1 v. -8. . . . . 2 fr. 50

MORET (ERNEST)

Quinze ans du règne de Louis XIV. 1700-1715. (*Ouvrage couronné par l'Académie française, 2e prix Gobert.*) 3 vol. in-8. . . . . 15 fr.

NOURRISSON

Tableau des progrès de la pensée humaine. Les philosophes et les philosophies depuis Thalès jusqu'à Hegel. 3e édit. revue et corrigée. . . . 7 fr. 50

Philosophie de saint Auguste. (*Ouvrage couronné par l'Académie des sciences morales.*) 2 vol. in-8. . . . . 14 fr

La Nature humaine. Essais de psychologie appliquée. (*Ouvrage couronné par l'Académie des sciences morales.*) 1 vol. in-8. . . . . 7 fr.

NOUVION (V. DE)

Histoire du règne de Louis-Philippe Ier, roi des Français (1830-1840). 4 vol. in-8. . . . . 24 fr.

PELLISSON ET D'OLIVET

Histoire de l'Académie française. Nouv. édit. avec une introduction, des notes et éclaircissements, par M. CH. LIVET. 2 gros vol. in-8. . . . . . . 14 fr.

POIRSON (A.)

Histoire du règne de Henri IV. (*Ouvrage qui a obtenu deux fois le grand prix Gobert, de l'Académie française.*) Seconde édition, considérablement augmentée. 4 vol. in-8. . . . . 30 fr.

PONCINS (L. DE)

Les Cahiers de 89 ou les vrais Principes libéraux. 1 vol. in-8. . . . . . 6 fr

POUJADE (EUG.)

Chrétiens et Turcs, scènes et souvenirs de la vie politique, militaire et religieuse en Orient. 1 fort vol. in-8. . . . . 6 fr.

PRELLER

Les Dieux de l'ancienne Rome. *Mythologie romaine*, trad. par M. DIETZ; avec préface de M. Alf. MAURY. 1 vol. in-8. . . . . 7 fr. 50

RAYNAUD (MAURICE)

Les Médecins au temps de Molière. Mœurs, Institutions, Doctr. 1 v. in-8. 6 fr.

RÉMUSAT (CH. DE)

Bacon. Sa vie, son temps et sa philosophie. 1 vol. in-8. . . . . 7 fr.

Saint Anselme de Cantorbéry. 1 fort vol. in-8. . . . . 7 fr.

Abélard : Sa vie, sa philosophie et sa théologie. 2 vol. in-8. . . . . 14 fr.

Channing : Sa vie et ses œuvres, avec préface de M. DE RÉMUSAT. 1 vol. in-8. 6 fr.

RONDELET (ANT.)

Du Spiritualisme en économie politique. (*Ouvrage couronné par l'Académie des sciences morales.*) 1 vol. in-8. . . . . 6 fr.

ROUGEMONT

L'Age du Bronze, ou les *Sémites en Occident*, matériaux pour servir à l'histoire de la haute antiquité. 1 vol. in-8. . . . . 7 fr.

ROUSSET (CAMILLE)

Histoire de Louvois et de son administration politique et militaire. (*Ouvrage couronné par l'Académie française. 1er prix Gobert.*) 3e édit. 4 vol. in-8. 28 fr.

P. ROUSSELOT

Les Mystiques espagnols. 1 vol. in-8. . . . . 7 fr. 50

SACY (S. DE)

Variétés littéraires, morales et historiques. 2e édit. 2 vol. in-8. . . . . 14 fr.

J. BARTHÉLEMY SAINT-HILAIRE

Le Bouddha et sa religion. Nouv. édition, corr. et augm. 1 vol. in-8. . . 7 fr.

Mahomet et le Coran. Précédé d'une introduction sur les devoirs mutuels de la philosophie et de la religion. 1 vol. in-8. . . . . 7 fr.

SAISSET (E.)

Le Scepticisme. — Ænésidème. — Pascal. — Kant. — Études, etc 1 vol. in-8. 7 fr.

Précurseurs et Disciples de Descartes. Études d'histoire et de philosophie. 1 vol. in-8. . . . . 7 fr.

SALVANDY (N. DE)

Histoire de Sobieski et de la Pologne. 2 vol. in-8. Nouvelle édition. . . 14 fr.

Don Alonso, ou l'Espagne; histoire contemporaine. Nouv. édit. 2 v. in-8. 14 fr.

La Révolution de 1830 et *le Parti révolutionnaire*, ou Vingt mois et leurs résultats. Nouv. édit. 1 vol. in-8. 1855. . . . . 5 fr.
Discours de MM. Berryer et de Salvandy à l'Académie française. In-8. 1 fr.
Discours de MM. de Sacy et de Salvandy à l'Académie française. In-8. 1 fr.

SAULCY (F. DE)

Histoire de l'Art judaïque, d'après les textes sacrés et profanes. 1 vol. in-8. 7 fr.
Les Campagnes de Jules César dans les Gaules. Études d'archéologie militaire. 1 vol. in-8, fig. . . . . 7 fr.
Voyage en Terre-Sainte, 1865. 2 beaux vol. grand in-8, ornés de fig. et de cartes. . . . . 28 fr.

SCHILLER

Œuvres dramatiques, trad. de M. de Barante. Nouv. édit. entièrement revue, accompagnée d'une étude, de notices et de notes. 3 vol. in-8. . . . . . 15 fr.

SCHNITZLER

Rostoptchine et Kutusof. *La Russie en* 1812. Tableau de mœurs et essai de critique historique. 1 vol. in-8. . . . . 6 fr.

SCLOPIS (F.)

Histoire de la Législation italienne, trad. par M. Ch. Sclopis, 2 v. in-8.. 10 fr.

SHAKSPEARE

Œuvres complètes, trad. de M. Guizot. Nouv. édit. revue, accomp. d'une Étude sur Shakspeare, de notices, de notes. 8 vol. in-8. . . . . 40 fr

SOREL

Le Couvent des Carmes et le Séminaire Saint-Sulpice pendant la Terreur. 1 vol. in-8 avec pl. . . . . 7 fr.

DANIEL STERN

Dante et Gœthe. Dialogues. 1 vol. in-8. . . . . 7 fr. 50

STAAFF

Lectures choisies de littérature française depuis la formation de la langue jusqu'à la Révolution. 3e édition. 1 vol. in-8 de 900 pages. . . . . . . 7 fr. 50

Mme SWETCHINE

Voir Cte de Falloux.

THIERRY (AMÉDÉE)

Saint Jérôme. La Société chrétienne à Rome et l'émigration romaine en terre sainte. 2 vol. in-8. . . . . 15 fr.
Trois Ministres des fils de Théodose. Nouveaux Récits de l'histoire romaine. 1 volume in-8. . . . . 7 fr.
Récits de l'Histoire romaine au ve siècle. 1 vol. in-8 (*sous presse*).
Tableau de l'Empire romain, depuis la fondation de Rome jusqu'à la fin du gouvernement impérial en Occident. 4e édit. 1 vol. in-8. . . . . 7 fr.
Histoire d'Attila, de ses fils et de ses successeurs en Europe. Nouv. édit. revue. 2 vol. in-8. . . . . 14 fr.
Histoire des Gaulois jusqu'à la domination romaine. 6e édition revue. 2 vol. in-8. . . . . 14 fr.
Histoire de la Gaule sous la domination romaine. 4 vol. in-8. Tomes I et II en vente. Le vol. à. . . . . 7 fr. 50

TISSOT

Turgot. Sa vie, son administration, ses ouvrages. (*Ouvrage couronné par l'Académie des sciences morales.*) 1 vol. in-8. . . . . 5 fr.
Les Possédées de Morzine. Broch. in-8. . . . . 1 fr.

TOPIN (MARIUS)

L'Europe et les Bourbons sous Louis XIV, 1 vol. in-8. . . . . 7 fr.

VILLEMAIN

Souvenirs contemporains d'Histoire et de Littérature. Première partie : M. de Narbonne, etc. 7e édit. 1 vol. in-8. . . . . 7 fr.

Souvenirs contemporains d'Histoire et de Littérature. Deuxième partie : Les Cent-Jours. 1 vol. in-8. Nouv. édit. . . . . 7 fr.

La République de Cicéron, traduite avec une introduction et des suppléments historiques. 1 vol. in-8.. . . . . 6 fr.

Choix d'Études sur la littérature contemporaine : *Rapports académiques*, Études sur *Chateaubriand, A. de Broglie, Nettement*, etc. 1 vol. in-8. . . . . . . 6 fr.

Cours de Littérature française, comprenant : *Le Tableau de la Littérature au XVIIIe siècle* et le *Tableau de la Littérature au moyen âge*. Nouv. édit. 6 vol. in-8. . . . . 36 fr.

— **Tableau de la Littérature** au XVIIIe siècle. 4 vol. in-8. . . . . 24 fr.

— **Tableau de la Littérature** au moyen âge. 2 vol. in-8.. . . . . 12 fr.

Tableau de l'éloquence chrétienne au IVe siècle, etc. Nouv. édit. 1 fort vol. in-8.. . . . . 6 fr.

Discours et Mélanges littéraires : *Éloges de Montaigne et de Montesquieu.* — *Sur Fénelon et sur Pascal.* — *Rapports et discours académiques.* Nouv. édit. 1 vol. in-8.. . . . . 6 fr.

Études de Littérature ancienne et étrangère : *Études sur Hérodote, Lucrèce, Lucain, Cicéron, Tibère et Plutarque.* — *Essai sur les romans grecs.* — *Shakspeare; Milton; Byron*, etc. Nouv. édit. 1 vol. in-8. . . . . 6 fr.

Études d'Histoire moderne : *Discours sur l'état de l'Europe au XVe siècle.* — *Lascaris.* — *Essai historique sur les Grecs.* — *Vie de l'Hôpital.* 1 vol. in-8. 6 fr.

VILLEMARQUÉ (H. DE LA)

Barzaz Breiz. *Chants populaires de la Bretagne*, recueillis et annotés avec musique. 1 vol. in-8. . . . . 7 fr. 50

Le grand Mystère de Jésus. Drame breton du moyen âge, avec une Étude sur le théâtre chez les nations celtiques. 1 vol. in-8, pap. de Hollande. . . . 12 fr.

— Le même, pap. ordinaire. . . . . 7 fr.

La Légende celtique et la poésie des cloîtres, etc. 1 vol. in-8. . 7 fr.

Les Bardes bretons. Poëmes du VIe siècle, traduits en français avec fac-simile. Nouv. édit. 1 vol. in-8. . . . . 7 fr.

Les Romans de la Table ronde et les Contes des anciens Bretons. Nouv. édit. 1 vol. in-8.. . . . . 7 fr.

Myrdhinn ou l'Enchanteur Merlin. Son histoire, ses œuvres, son influence. 1 vol. in-8.. . . . . 7 fr.

VOLTAIRE

Lettres inédites de Voltaire, publiées par MM. de Cayrol et François, avec une Introduction par M. Saint-Marc Girardin. 2e édit. augmentée. 2 vol. in-8. 14 fr.

Voltaire à Ferney. Correspondance inédite avec la duchesse de Saxe-Gotha, nouvelles Lettres et Notes historiques inédites, publiées par MM. Ev. Bavoux et A. François. Nouv. édit. augmentée. 1 vol. in-8.. . . . . 7 fr.

Voltaire et le président de Brosses. Correspondance inédite, suivie d'un Supplément à la Correspondance de Voltaire, publiée avec notes, par M. Th. Foisset. 1 vol. in-8. . . . . 5 fr.

WHYTE MELVILLE

Les Gladiateurs. — Rome et Judée. — Roman antique, trad. par Bernard Derosne, avec préface de Th. Gautier. 2 vol. in-8.. . . . . 12 fr.

WITT (CORNÉLIS DE)

Études sur l'histoire des États-Unis d'Amérique. 2 volumes :

— **Thomas Jefferson.** Étude historique sur la démocratie américaine. 2e édit. 1 vol. in-8, orné d'un portrait.. . . . . 7 fr.

— **Histoire de Washington** *et de la fondation de la République des États-Unis*, avec une Étude par M. Guizot, 3e édit. 1 vol. in-8, orné de portraits et d'une carte.. . . . . 7 fr.

ZELLER

Les Empereurs romains. Caractères et portraits historiques. 1 vol. in-8. 7 fr.

ÉDITIONS IN-12

ARMAILLÉ (Ctesse D') NÉE DE SÉGUR

La Reine Marie Leckzinska. Étude historique. 1 vol. in-12. . . . . . 3 fr.
Catherine de Bourbon, sœur de Henri IV. Étude historique. 1 vol. in-12. 3 fr.

ALAUX

La Raison.—Essai sur l'avenir de la philosophie. 1 vol. in-12. . . . . 3 fr. 50

AMPÈRE (J. J.)

La Science et les Lettres en Orient. 2e édit. 1 vol. in-12. . . . . 3 fr. 50
Littérature et Voyages. Nouv. édit. 1 vol. in-12. . . . . 3 fr. 50
Heures de poésie. Nouvelle édition. 1 vol. in-12. . . . . 3 fr. 50
La Grèce, Rome et Dante, études littéraires. 3e édit. 1 vol. in-12. . . 3 fr. 50

AUDIAT

Bernard Palissy. Étude sur sa vie et ses travaux, 1 vol. in-12. . . . . 3 fr. 50

AUDLEY (Mme)

Beethoven, sa vie, ses œuvres. 1 vol. in-12. . . . . 3 fr.

D'AZEGLIO (MASSIMO)

L'Italie de 1847 à 1865. Correspondance politique publiée par Eug. Rendu. 3e édition. 1 vol. in-12. . . . . 3 fr. 50

BADER (Mlle).

La Femme biblique, sa vie morale et sociale. 2e édit. 1 v. in-12. . . . 3 fr. 50

BABOU

Les Amoureux de Mme de Sévigné, etc. 2e édition. 1 vol. in-12. . . 3 fr. 50

BAILLON (COMTE DE)

Lord Walpole à la cour de France. 1723-1730. 1 vol. in-12. . . 3 fr. 50

BARET

Les Troubadours, et leur influence sur la littérature du midi de l'Europe, 3e édition, 1 vol. in-12. 3 fr. 50

BARANTE

Histoire des ducs de Bourgogne de la maison de Valois. Nouv. édit., illustrée de vignettes. 8 vol. in-12. . . . . 24 fr.
Tableau littéraire du XVIIIe siècle. Nouv. édit. 1 vol. in-12. . . . . . 3 fr. 50
Royer-Collard. — Ses discours et ses écrits. Nouv. édit. 2 vol. in-12. . 7 fr.
Études historiques et biographiques. Nouv. édit. 2 vol. in-12. . . . . 7 fr.
Études littéraires et historiques. Nouv. édit. 2 vol. in-12. . . . . . . 7 fr.
Histoire de Jeanne d'Arc. *Édition populaire.* 1 vol. in-12. . . . . . . 1 fr. 25

H. BAUDRILLART

Publicistes modernes. *Young, de Maistre, M. de Biran, Ad. Smith, L. Blanc, Proudhon, Rossi, Stuart-Mill,* etc. 2e édition. 1 vol. in-12. . . . . 3 fr. 50

BAUTAIN (L'ABBÉ)

Philosophie des lois au point de vue chrétien. 3e édit. 1 vol. in-12. . . 3 fr. 50
La Conscience, ou la Règle des actions humaines. 2e édit. 1 vol. in-12. 3 fr. 50

BENOIT

Chateaubriand, sa vie, ses œuvres. Étude littéraire et morale. (*Ouv. cour. par l'Académie française.*) 1 vol. in-12. . . . . 3 fr.

BERSOT (ERN.)

Essais de philosophie et de morale. 2e édit. 2 vol. in-12. . . . . . . 7 fr.

BERTAULD

La Liberté civile. Nouvelles études sur les publicistes. 2e éd. 1 v. in-12. 3 fr. 50

BLANCHECOTTE (Mme)

Impressions d'une femme, pensées, méditations, portraits, 1 vol. in-12. 3 fr.

BOILLOT

L'Astronomie au XIXe siècle. Tableau des progrès de cette science depuis l'antiquité jusqu'à nos jours. 1 vol. in-12. . . . . 3 fr. 50
Le Mouvement scientifique pendant l'année 1864, par Menault et Boillot. 1 fort vol. in-12. . . . . 4 fr.
Le Mouvement scientifique pendant l'année 1865. 1 fort vol. in-12. 4 fr.

BONHOMME (H.)

Madame de Maintenon et sa famille. Lettres et documents inédits, avec notes, etc. 1 vol. in-12. . . . . 3 fr.

CASTLE

Phrénologie spiritualiste. 2ᵉ édition. 1 vol. in-12. . . . . 3 fr. 50

CHASLES (PHILARÈTE)

Voyages d'un critique à travers la vie et les livres. Orient. 2ᵉ édit. 1 vol. in-12 . . . . 3 fr. 50

CHASLES (ÉMILE)

Michel de Cervantes. Sa Vie, son temps etc., 2ᵉ édit. 1 vol. in-12. . . 3 fr. 50

CHASSANG

Apollonius de Tyane. Sa vie, ses voyages, ses prodiges par Philostrate et ses lettres, trad. du grec, avec notes, etc. 2ᵉ édit. 1 vol. in-12. . . . . . 3 fr. 50

Histoire du Roman dans l'antiquité grecque et latine. (*Ouvrage couronné par l'Académie des inscriptions.*) Nouv. édit. 1 vol. in-12. . . . . . . 3 fr. 50

CHESNEAU (ERNEST)

Les Chefs d'école. — La Peinture au XIXᵉ siècle. 1 vol. . . . . 3 fr. 50

L'Art et les Artistes modernes en France et en Angleterre. 1 v. in-12. 3 fr. 50

CLÉMENT (PIERRE)

L'Italie en 1671. Relation du marquis de Seignelay, précédée d'une Étude historique. 1 vol. in-12. . . . . 3 fr. »

La Police sous Louis XIV. 2ᵉ édition. 1 vol. in-12. . . . . 3 fr. 50

Jacques Cœur et Charles VII. Étude historique. etc. (*Ouv. couronné par l'Acad. française.*) Nouv. édit. 1 fort vol. in-12. . . . . 4 fr. »

Portraits historiques. 2ᵉ édit. 1 vol. in-12.. . . . . 3 fr. 50

Enguerrand de Marigny, *Beaune de Semblançay, le Chevalier de Rohan.* Épisodes de l'histoire de France. 2ᵉ édit. 1 vol. in-12.. . . . . 3 fr. 50

CLÉMENT DE RIS

Critiques d'art et de littérature. 1 vol. in-12. . . . . 3 fr. »

COUSIN (V.)

La Société française au XVII siècle, d'après le *Grand Cyrus* de Mˡˡᵉ Scudéry. Nouv. édit, 2 vol. in-12. 7 fr. »

Madame de Sablé. 3ᵉ édit. 1 vol. in-12.. . . . . 3 fr. 50

La Jeunesse de madame de Longueville. 5ᵉ édition. 1 vol. in-12. 3 fr. 50

Madame de Longueville pendant la Fronde. 3ᵉ édit. 1 vol. in-12. . 3 fr. 50

Jacqueline Pascal. Premières études, etc. 5ᵉ édit. 1 vol. in-12. . . . 3 fr. 50

Madame de Chevreuse 4ᵉ édition. 1 vol. in-12.. . . . . 3 fr. 50

Madame de Hautefort, 3ᵉ édit. 1 vol. in-12 . . . . 3 fr. 50

Premiers essais de philosophie. (Cours de 1815.) Nouv. édit. 1 v. in-12. 3 fr. 50

Philosophie sensualiste du XVIIIᵉ siècle. Nouv. édit. 1 vol. in-12. 3 fr. 50

Introduction à l'histoire de la Philosophie. (Cours de 1828.) 1 v. in-12. 3 fr. 50

Histoire générale de la Philosophie, depuis les temps les plus anciens jusqu'au XIXᵉ siècle. Nouvelle édition, 1 vol. in-12. . . . . 4 fr. »

Philosophie de Locke. (Cours de 1830.) Nouv. édit. 1 vol. in-12. . . 3 fr. 50

Du Vrai, du Beau et du Bien, 12ᵉ édition. 1 vol. in-12. . . . . . . 3 fr. 50

Des Principes de la Révolution française et *du Gouvernement représentatif* suivis des *Discours politiques.* Nouv. édit. 1 vol. in-12.. . . . . 3 fr. 50

CRAVEN (Mᵐᵉ AUG.)

Récit d'une sœur, souvenirs de famille. (*Ouv. couronné par l'Académie française.*) 14ᵉ édit. 2 vol. in-12. . . . . 8 fr. »

DANTIER

Les Monastères bénédictins d'Italie. Souvenirs, etc. (*Ouv. couronné par l'Académie française.*) 2ᵉ édition. 2 vol. in-12.. . . . . 8 fr. »

DAREMBERG

La Médecine. — *Histoire et doctrines.* (*Ouv. couronné par l'Académie française.*) 2ᵉ édit. 1 vol. in-12 . . . . 3 fr. 50

DELAVIGNE (CASIMIR)

Œuvres complètes : *Théâtre et poésies.* 4 vol. in-12. . . . . 14 fr.

DELÉCLUZE (E. J.)

Louis David. Son école et son temps. Souvenirs. Nouv. éd. 1 vol. in-12. 3 fr. 50

DESJARDINS (ARTHUR)

Les Devoirs. — Essai sur la morale de Cicéron. (*Ouvrage couronné par l'Institut.*) 1 vol. in-12. . . . . 3 fr.

DESJARDINS (ERNEST)

Le Grand Corneille historien. Nouv. édit. 1 vol. in-12. . . . . . . 3 fr. »

ERNOUF (BARON)

Le général Kléber. Mayence, Vendée, Allemagne, Égypte. 1 vol. . . . 3 fr. 50

FALLOUX (Cte DE)

Correspondance du R. P. Lacordaire et de Me Swetchine. 4e édition, 1 vol. in-12. . . . . 4 fr »

Madame Swetchine. *Méditations et prières*, 2e édition. 1 vol. in-12. . 3 fr. 50

Madame Swetchine. *Sa vie et ses œuvres*, nouv. édit. 2 vol. in-12. . 7 fr. »

Madame Swetchine. *Lettres inédites*, 2e édit. 1 vol. in-12.. . . . . 3 fr. 50

Histoire de saint Pie V, pape. 3e édit. 2 vol. in-12. . . . . 7 fr. »

Louis XVI, 4e édit. 1 vol. in-12. . . . . 3 fr. 50

FÉNELON

Aventures de Télémaque et d'Aristonoüs, précédées d'une Étude par M. VILLEMAIN. Nouv. édit., ornée de 24 vignettes. 1 vol. in-12.. . . . . 3 fr. »

FEUGÈRE (LÉON)

Caractères et Portraits littéraires du XVIe siècle. 2 vol. in-12.. . 7 fr. »

Les Femmes poëtes du XVIe siècle, étude suivie de notices sur mademoiselle de Gournay, d'Urfé, Montluc, etc. 1 vol. in-12. . . . . 3 fr. 50

FLAMMARION

Dieu dans la nature. Philosophie des sciences et réfutation du matérialisme. 3e édit. 1 fort vol. avec portrait. . . . . 4 fr.

La Pluralité des mondes habités, au point de vue de l'astronomie, de la physiologie et de la philosophie naturelle. Nouv. édit. 1 fort vol. in-12, fig. 3 fr. 50

Les Mondes imaginaires et les Mondes réels. Voyage astronomique pittoresque et Revue critique des théories humaines sur les habitants des astres. 4e édit. 1 vol. in-12. . . . . 3 fr. 50

FLEURY (ED.)

Saint-Just et la Terreur. Étude sur la Révolution. 2 vol. in-12. . . 6 fr »

FOURNEL (VICTOR)

La Littérature indépendante et les Ecrivains oubliés. Essais de critique et d'érudition sur le XVIIe siècle. 1 vol. in-12. . . . . 3 fr. 50

FRARIÈRE

Influences maternelles pendant la gestation sur les prédispositions morales et intellectuelles des enfants. Nouv. édit. revue et augmentée. 1 v. in-12. 3 fr. »

GALITZIN (LE PRINCE AUG.)

La Russie au XVIIIe siècle. Mémoires inédits sur Pierre le Grand, Catherine Ire et Pierre III. 2e édition. 1 vol. in-12. . . . . 3 fr. 50

GARCIN (EUG.)

Les Français du Nord et du Midi, 1 vol. in-12. . . . . 3 fr. 50

GEFFROY

Gustave III et la Cour de France (*Ouvrage couronné par l'Académie française*). 2e édit. 2 vol. in-12, ornés de portraits et fac-simile. . . . . 8 fr.

GERMOND DE LAVIGNE

Le Don Quichotte de F. Avellaneda. Trad. avec notes. 1 vol. in-12. 3 fr »

GÉRUZEZ

Histoire de la Littérature française depuis ses origines jusqu'à la Révolution (*Ouv. cour. par l'Académie française, 1er prix Gobert.*) Nouv. éd. 2 vol. in-12. 7 fr.

SAINT-MARC GIRARDIN

La Syrie en 1861. Condition des Chrétiens en Orient. 1 vol. in-12. . 3 fr. 50

Tableau de la littérature française au XVIe siècle. 2e édit. 1 vol. in-12.. . . . . 3 fr. 50

GOBINEAU (Cte DE).

Les Religions et les Philosophies dans l'Asie centrale. 2e édition. 1 vol. in-12. . . . . 4 fr. »

GONCOURT (E. ET J. DE)

Histoire de la société française pendant la Révolution et pendant le Directoire. Nouvelle édition. 2 vol. in-12. . . . . 7 fr. »

GRUN

Pensées des divers âges de la vie. Nouv. édit. 1 vol. in-12 . . . . 3 fr.

GUADET

Les Girondins. Leur vie privée, leur vie publique, leur proscription et leur mort. 2e édit. 2 vol. in-12. . . . . 7 fr. »

GUIZOT

Histoire de la Révolution d'Angleterre, depuis l'avénement de Charles Ier jusqu'au rétablissement des Stuarts (1625-1660). 6 vol. in-12, en trois parties. 21 fr.
— **Histoire de Charles Ier**, depuis son avénement jusqu'à sa mort (1625-1649), précédée d'un *Discours sur la Révolution d'Angleterre.* 7e édit. 2 vol. in-12. 7 fr.
— **Histoire de la République d'Angleterre et de Cromwell** (1649-1658). Nouvelle édition. 2 vol. in-12. . . . . 7 fr.
— **Histoire du protectorat de Richard Cromwell** et du **rétablissement des Stuarts** (1659-1660). 3e édition. 2 vol. in-12. . . . . 7 fr.
Monk. Chute de la République, etc. Étude historique. 1 vol. in-12. 3 fr. 50
Portraits politiques des hommes des divers partis : *Parlementaires, Cavaliers, Républicains, Niveleurs ;* études historiques. 1 vol. in-12. . . . . 3 fr. 50
Sir Robert Peel. Étude d'histoire contemporaine, augmentée de documents inédits. 1 vol. in-12. . . . . 3 fr. 50
Essais sur l'Histoire de France, etc. Nouv. édit. 1 vol. in-12. . . 3 fr. 50
Histoire de la civilisation en Europe et en France, depuis la chute de l'Empire romain, etc. 7e édit. 5 vol. in-12. . . . . 17 fr. 50
Histoire des origines du Gouvernement représentatif *et des Institutions politiques de l'Europe.* Nouvelle édit. 2 vol. in-12. . . . . 7 fr.
Corneille et son temps. Étude littéraire suivie d'un *Essai sur Chapelain, Rotrou et Scarron,* etc. Nouv. édit. 1 vol. in-12. . . . . 3 fr. 50
Méditations et Études morales. Nouv. édit. 1 vol. in-12. . . . . . 3 fr. 50
Études sur les Beaux-Arts en général. Nouv. édit. 1 vol. in-12. . . 3 fr.
Discours académiques, suivis des *Discours prononcés au Concours général de l'Université et devant diverses Sociétés religieuses,* etc. 1 vol. in-12. . 3 fr. 50
Abailard et Héloïse. Essai historique par M. et Mme Guizot, suivi des *Lettres d'Abailard et d'Héloïse,* trad. par M. Oddoul. Nouv. édit. 1 vol. in-12.. 3 fr. 50
Histoire de Washington, par M. C. de Witt, avec une Introduction par M. Guizot. Nouv. édit. 1 vol. in-12, avec carte. . . . . 3 fr. 50
Grégoire de Tours et Frédégaire. — Histoire des Francs et chronique, trad. Nouv. édit. revue et augmentée de la *Géographie de Grégoire de Tours et de Frédégaire,* par M. Alfred Jacobs. 2 vol. in-12. . . . . 7 fr.
Cet ouvrage est autorisé pour les Écoles publiques par décision de Son Exc. le ministre de l'Instruction publique.
Shakspeare. Œuvres complètes. 8 vol. in-12, à. . . . . 3 fr. 50

GUIZOT (GUILLAUME)

Ménandre. Étude historique et littéraire sur la Comédie et la Société grecques. (*Ouvrage couronné par l'Académie française.*) 1 vol. in-12 avec portrait.. 3 fr. 50

EUGÉNIE DE GUÉRIN

Journal et Fragments, publiés par Trébutien. (*Ouvrage couronné par l'Académie française.*) 20e édition. 1 vol. in-12. . . . . 3 fr. 50
Lettres d'Eugénie de Guérin. 11e édit. 1 vol. in-12.. . . . . 3 fr. 50
Étude sur Eugénie de Guérin par Aug. Nicolas, broch. in-12. . . . . 50 c.

MAURICE DE GUÉRIN

Journal, Lettres et Fragments publiés par Trébutien, avec une Étude par M. Sainte-Beuve. 11e édition. 1 vol. in-12. . . . . 3 fr. 50

HOUSSAYE (ARSÈNE)

Les Charmettes. — *J. J. Rousseau et Madame de Warens.* Nouvelle édition. 1 vol. in-12, portrait. . . . . 3 fr. 50

HOUSSAYE (HENRY.)

Histoire d'Apelles. Etudes sur l'art grec. 2ᵉ édit. 1 vol. in-12 avec fig. 3 fr. 50

JACQUINET

Tableau du Monde physique. Excursions à travers la science. 1 vol. in-12. 3 fr.

JACOBS (ALFRED)

L'Afrique nouvelle. — Récents voyages. — État moral, intellectuel et social dans le continent noir. 1 vol. in-12 avec Carte. . . . . 3 fr. 50

J. JANIN

La Poésie et l'Éloquence à Rome au temps des Césars. Nouvelle édition. 1 vol. in-12. . . . . 3 fr. 50

JOUBERT

Pensées, précédées de sa Correspondance, d'une notice par M. P. de Raynal, et de jugements littéraires par MM. Sainte-Beuve, Saint-Marc Girardin, de Sacy, Géruzez et Poitou. Nouv. édit. 2 vol. in-12. . . . . 7 fr.

JOULIN (Dʳ)

Les Causeries du Docteur. 1 vol. in-12. . . . . 3 fr.

JOUSSERANDOT

La civilisation moderne. 2ᵉ édit. 1 vol. in-12. . . . . 3 fr. 50

JULIEN (STANISLAS)

Yu-kiao-li. — *Les Deux cousines,* — roman chinois. 2 vol. in-12. . . . . . 7 fr.

Les Deux jeunes filles lettrées. Roman traduit du chinois. 2 vol. in-12. 7 fr.

LAGRANGE (Mˡˡᵉ DE)

Laurette de Malboissière. Correspondance d'une jeune fille du temps de Louis XIV. 1 vol. in-12. . . . . 3 fr. 50

LAGRANGE (J.)

Joseph Vernet et la Peinture au XVIIIᵉ siècle. 2ᵉ édit. 1 vol. in-12. . . 3 fr. 50

LAMENNAIS

Dante. *La Divine Comédie.* Trad. avec une introd. et des notes. Nouvelle édition. 2 vol. in-12. . . . . 7 fr.

Correspondance inédite de Lamennais, publiée par M. Forgues. Nouvelle édition. 2 vol. in-12. . . . . 7 fr.

LA MORVONNAIS

La Thébaïde des Grèves. — *Reflets de Bretagne.* — Suivis de poésies posthumes. Nouvelle édition. 1 vol. in-12. . . . . 3 fr. 50

LANNAU-ROLLAND

Michel-Ange et Vittoria Colonna. Étude suivie de la traduct. complète des poésies de Michel-Ange. Nouv. édit. 1 vol. in-12. . . . . 3 fr.

LA PILORGERIE (J. DE)

Campagne et Bulletins de la grande armée d'Italie commandée par Charles VIII, d'après des documents rares ou inédits. 1 vol. in-12. . . . . . 3 fr. 50

LAPRADE (VICTOR DE)

Le Sentiment de la nature avant le christianisme. 2ᵉ édit. 1 vol. in-12. 3 fr. 50

Questions d'Art et Morale. Nouv. édit. 1 vol. in-12. . . . . 3 fr. 50

LEBRUN (PIERRE)

Œuvres poétiques et dramatiques. Nouv. édit. 4 vol. in-12. . . . . . 14 fr.

LEGOUVÉ

Histoire morale des Femmes. 4ᵉ édit. revue et augm. 1 vol. in-12. 3 fr. 50

LÉLUT

Physiologie de la pensée. Recherche critique des rapports du corps à l'esprit. Nouv. édit. 2 vol. in-12. . . . . 7 fr.

LEMOINE (ALBERT)

L'Ame et le Corps. Études de philosophie morale et natur. 1 vol. in-12. 3 fr. 50
L'Aliéné devant la philosophie, la morale et la société. 2e édit. 1 vol. in-12. 3 fr. 50

LENORMANT (Mme)

Quatre Femmes au temps de la Révolution. (*Ouvrage couronné par l'Académie française.*) 1 vol. in-12. 3 fr. 50

LENORMANT (FR.)

Turcs et Monténégrins. 1 vol. in-12. . . . . 3 fr. 50

LÉPINOIS (L. DE)

Le Gouvernement des papes et les révolutions dans les États de l'Église. 2e édit. 1 vol. in-12. . . . . 3 fr. 50

J. LEVALLOIS

Critique militante. Études de philosophie littéraire. 1 vol. in-12. . . 3 fr. 50

LIVET (CH. L.)

Précieux et Précieuses. Caractères et mœurs du XVIIe siècle. 2e édition 1 vol. in-12. . . . . 3 fr. 50

LUCAS

Le procès du matérialisme. Étude philosophique. 1 vol. in-12. . . . . 3 fr.

MARGERIE (A. DE)

Théodicée. Études sur Dieu, la Providence, la Création. 2e édit. 2 vol. in-12. 7 fr. »

MARTIN (TH. HENRY)

La Foudre, l'Électricité et le Magnétisme chez les anciens. 1 v. in-12. 3 50

MARY *** (Dr)

Le Christianisme et le Libre Examen. Discussion critique des arguments apologétiques. 2e édition. 2 vol. in-12. 7 fr. »

MATTER

Le Mysticisme au temps de Fénelon. 2e édit. 1 vol. in-12. . . . . 3 fr. 50
Saint-Martin, le Philosophe inconnu, etc. 2e édition. 1 vol. in-12. . . 3 fr. 50
Swedenborg, sa vie, sa doctrine, etc. 2e édition. 1 vol. in-12. . . . . 3 fr. 50

MATHIEU

Histoire des Miraculés et des Convulsionnaires de St-Médard, avec Notices sur le diacre Pâris, Carré de Montgeron et le Jansénisme. 1 v. in-12. 3 fr. 50

MAURY (ALFRED)

Les Académies d'autrefois. 2 vol. in-12.
— *L'ancienne Académie des sciences.* 2e édition. 1 vol. in-12. . . . . . 3 fr. 50
— *L'ancienne Académie des inscriptions et belles-lettres.* 1 v. in-12. 3 fr. 50
Croyances et légendes de l'antiquité. 2e édition 1 vol. in-12. . . . 3 fr. 50
La Magie et l'Astrologie dans l'antiquité et au moyen âge. 3e édition. 1 vol in-12. . . . . 3 fr. 50
Le Sommeil et les Rêves. 3e édit. revue et augm. 1 vol. in-12. 3 fr. 50.

MENARD

Tableau historique des Beaux-Arts, depuis la Renaissance. 2e édit. 1 vol. in-12. . . . . 3 fr. 50

MENNESSIER-NODIER (Mme)

Charles Nodier. Épisodes et souvenirs de sa vie. 1 vol. in-12. . . . . 3 fr. 50

MERCIER DE LACOMBE (CH.)

Henri IV et sa politique (*Ouvrage couronné par l'Académie française, 2e prix Gobert*). Nouv. édit. 1 vol. in-12. . . . . 3 fr. 50

MERLET (G.)

Causeries sur les femmes et les livres. 1 vol. in-12. . . . . 3 fr. 50
Portraits d'hier et d'aujourd'hui. 1 vol. in-12. . . . . 3 fr. 50
Les Réalistes et les Fantaisistes dans la littérature. 1 vol. in-12. 3 fr. 50

MIGNET

Éloges historiques, faisant suite aux *Portraits et Notices.* Nouvelle édition. 1 vol. in-12. . . . . 3 fr. 50
Charles-Quint, SON ABDICATION, SON SÉJOUR ET SA MORT AU MONASTÈRE DE YUSTE. 7e édit. 1 vol. in-12. . . . . 3 fr. 50
Histoire de la Révolution française depuis 1789 jusqu'à 1814. 9e édit. 2 vol. in-12. . . . . 7 fr. »

MOLAND (LOUIS)

Origines littéraires de la France. — Légende. — Roman. — Prédication. — Théâtre, etc. 2e édit. 1 vol. in-12. . . . . 3 fr. 50

MONTALEMBERT

De l'Avenir politique de l'Angleterre. 6e édit. augmentée. 1 v. in-12. 3 fr. 50

MOUY (CH. DE)

Don Carlos et Philippe II (*ouvrage couronné par l'Académie française*). 1 vol. in-12. . . . . 3 fr. 50

NIGHTINGALE (MISS)

Des Soins à donner aux malades, etc. Traduit de l'anglais et précédé d'une lettre de M. Guizot et d'une Introduction par le Dr Daremberg. 1 vol. in-12. 3 fr.

NOURRISSON (F.)

Philosophie de saint Augustin (*ouvrage couronné par l'Institut*). 2e édition. 2 vol. in-12. . . . . 7 fr. »

La Politique de Bossuet. 1 vol. in-12. . . . . 3 fr. »

Spinosa et le Naturalisme contemporain. 1 vol. in-12. . . . . . 3 fr. »

Portraits et Études. Histoire et Philosophie. Nouv. édit. 1 vol. in-12. . 3 fr. 50

Le Cardinal de Bérulle. Sa vie, son temps, ses écrits. 1 vol. in-12. . 3 fr. »

D'ORTIGUE (J.)

La Musique à l'église. Philosophie, littérat., critique music. 1 v. in 12. 3 fr. 50

PAGANEL

Histoire de Scanderbeg ou *Turks et Chrétiens au* XVe *siècle*. Nouv. édit. 1 vol. in-12. . . . . 3 fr. 50

PELLISSIER

La Langue française depuis son origine jusqu'à nos jours; tableau historique de sa formation et de ses progrès. 1 vol. in-12. . . . . 3 fr. »

PENQUER (Mme)

Les Chants du foyer. Poésies. 2e édition. 1 vol. in-12. . . . . 3 fr. 50

Révélations poétiques. 2e édit. 1 vol. in-12. . . . . 3 fr. 50

PEZZANI (A.)

La Pluralité des existences de l'âme conforme à la doctrine de la pluralité des Mondes, opinions des philosophes anciens et modernes. 4e édit. 1 v. in-12. 3 fr. 50

Les Bardes druidiques. Synthèse philosophique du XIXe siècle. 1 v. in-12. 1 fr. 50

PIERRON (ALEXIS)

Voltaire et ses Maîtres. Épisode de l'histoire des humanités en France. 1 volume in-12. . . . . 3 fr. »

POIRSON (AUG.)

Histoire de Henri IV. Nouv. édit. 4 vol. in-12. . . . . 16 fr. »

PRELLER

Les Dieux de l'ancienne Rome.— Mythologie romaine, traduction par L. Dietz, avec préface de M. Alf. Maury. 2e édition. 1 fort vol. in-12. . . 4 fr. »

PUYMAIGRE (TH DE)

Les vieux Auteurs castillans. 2 vol. in-12. . . . . 7 fr. »

Chants populaires recueillis dans le pays messin, mis en ordre et annotés. 1 fort vol. in-12.. . . . . 5 fr. »

RAYNAUD (M.)

Les Médecins au temps de Molière. — Mœurs. — Institutions. — Doctrines Nouv. édition. 1 vol. in-12.. . . . . 3 fr. 50

RÉMUSAT (CH. DE)

Bacon. Sa vie, son temps et sa philosophie. 1 vol. in-12. . . . . 3 fr. 50

L'Angleterre au XVIIIe siècle. Études et Portraits pour servir à l'histoire politique de l'Angleterre. 2 vol. in-12. . . . . 7 fr. »

Critiques et Études littéraires. Nouv. édition. 2 vol. in-12.. . . . . 7 fr. »

* * *

Channing. Sa vie et ses œuvres, préface de M. DE RÉMUSAT. 1 vol. in-12. 3 fr. 50

La Vie de village en Angleterre, ou Souvenirs d'un exilé. 1 v. in-12. 3 fr. 50

RONDELET (ANT.)

Le Lendemain du mariage. 1 vol. in-12. . . . . 3 fr. 50

La Morale de la richesse. 1 vol. in-12. . . . . 3 fr. 50

Du Spiritualisme en économie politique. (*Ouvrage couronné par l'Académie des sciences morales.*) 2e édit. 1 vol. in-12. . . . . 3 fr. 50

Mémoires d'Antoine, ou notions populaires de morale et d'économie politique. (*Ouvrage couronné par l'Académie française.*) Nouvelle édition. 1 vol. in-12. 2 fr.

ROSELLY DE LORGUES

Christophe Colomb. Hist. de sa vie et de ses voyages. 2e édit. 2 vol. in-12. 7 fr.

ROUSSET (C.)

Histoire de Louvois et de son administration, etc. (*Ouvrage couronné par l'Académie française, 1er prix Gobert.*) Nouvelle édition. 4 vol. in-12. . 14 fr.

SAISSET

Descartes, ses Précurseurs, ses Disciples. 2e édition. 1 vol. in-12. 3 fr. 50

Le Scepticisme. Ænésidème, Pascal, Kant, etc. 2e édit. 1 vol. in-12. 3 fr. 50

SACY (S. DE)

Variétés littéraires, morales et historiques. Nouv. édit. 2 vol. in-12. . . . 7 fr.

SAINTE-AULAIRE (Mis DE)

La Chanson d'Antioche, composée par RICHARD LE PÈLERIN, etc. trad. 1 vol. in-12. . . . . 3 fr. 50

SAINT-HILAIRE (BARTH.)

Le Bouddha et sa religion. 3e édit. revue et corrigée. 1 vol. in-12. . 3 fr. 50

Mahomet et le Coran, précédé d'une Introduction sur les devoirs mutuels de la religion et de la philosophie. 2e édit. 1 vol. in-12. . . . . 3 fr. 50

SALVANDY

Don Alonso, ou l'Espagne. Histoire contemporaine. Nouv. édit. 2 vol. in-12. 7 fr.

SCHILLER

Œuvres dramatiques complètes. Traduction de M. de Barante, revue par M. de Suckau. 3 vol. in-12. . . . . 10 fr

SCHNITZLER

La Russie en 1812. — *Rostoptchine et Kutusof.* Nouv. édit. 1 vol. in-12. 3 fr. 50

SÉGUR

Histoire universelle. Ouv. adopté par l'Université. 8e édit. 6 vol. in-12. 18 fr.

— **Histoire ancienne** Nouv. édit. 2 vol. in-12. . . . . 6 fr.

— **Histoire romaine.** Nouv. édit. 2 vol. in-12. . . . . 6 fr.

— **Histoire du Bas-Empire.** Nouv. édit. 2 vol. in-12. . . . . 6 fr.

Galerie morale, avec une notice par M. SAINTE-BEUVE. 1 vol. in-12. . . . 3 fr.

SHAKSPEARE

Œuvres complètes. Traduction de M. GUIZOT. 8 vol. in-12 à. . . . . . 3 fr. 50

ALEX. SOREL

Le Couvent des Carmes et le Séminaire Saint-Sulpice pendant la Terreur. 2e édit. 1 vol. in-12 avec figures. . . . . 3 fr. 50

THURET (Mme)

Mademoiselle de Sassenay. Histoire d'une grande famille sous Louis XVI 2 vol. in-12. . . . . 7 fr

THIERRY (AMÉDÉE)

Histoire d'Attila et de ses successeurs en Europe. 3e édit. 2 vol. in-12. 7 fr.

Tableau de l'Empire romain, depuis la fondation de Rome, etc. Nouv. édit. 1 vol. in-12. . . . . 3 fr. 50

Récits de l'Histoire romaine au Ve siècle. Derniers temps de l'empire d'Occident. Nouv. édit. 1 vol. in-12. . . . . 3 fr. 50

Histoire des Gaulois depuis les temps les plus reculés jusqu'à l'entière domination romaine. Nouv. édit. 2 vol. in-12. . . . . 7 fr.

VILLEMAIN

La République de Cicéron, traduite et accompagnée d'une Introduction et de Suppléments historiques. 1 vol. in-12.. . . . . 3 fr. 50

Choix d'Études sur la littérature contemporaine : *Rapports académiques. Études sur Chateaubriand, A. de Broglie, Nettement*, etc. 1 vol. in-12. . . . . . 3 fr. 50

Cours de Littérature française, comprenant : le *Tableau de la Littérature au XVIIIe siècle* et le *Tableau de la Littérature au moyen âge*. Nouvelle édition. 6 vol. in-12. . . . . 21 fr.

— **Tableau de la Littérature au XVIIIe siècle.** 4 vol. in-12. . . . . 14 fr.

— **Tableau de la Littérature au moyen âge.** 2 vol. in-12. . . . . . . 7 fr.

Tableau de l'Éloquence chrétienne au IVe siècle, etc. Nouvelle édition. 1 fort vol. in-12. . . . . 3 fr. 50

Discours et Mélanges littéraires : *Éloges de Montaigne et de Montesquieu.* — *Notices sur Fénelon et sur Pascal.* — *Discours sur la critique.* — *Rapports et Discours académiques.* Nouv. édit. 1 vol. in-12. . . . . 3 fr. 50

Études de Littérature ancienne et étrangère : *Sur Hérodote.* — *Études sur Lucrèce, Lucain, Cicéron*, etc. — *De la corruption des lettres romaines.* — *Essai sur les romans grecs.* — *Shakspeare, Milton; Byron*, etc. Nouvelle édition. 1 vol. in-12. . . . . 3 fr. 50

Études d'Histoire moderne : *Discours sur l'état de l'Europe au XVe siècle.* — *Lascaris.* — *Essai historique sur les Grecs.* — *Vie de L'Hôpital.* Nouv. édit. 1 vol. in-12. . . . . 3 fr. 50

Souvenirs contemporains d'Histoire et de Littérature. 2 vol. in-12. . 7 fr. »

— Première partie : **M. de Narbonne**, etc. Nouv. édit. 1 vol. in-12.. . 3 fr. 50

— Deuxième partie : **Les Cent-Jours**. Nouv. édit. 1 vol. in-12. . . . . 3 fr. 50

VILLEMARQUÉ (H. DE LA)

Barzaz Breiz. Chants populaires de la Bretagne, recueillis et annotés. 7e édit. (*Ouvrage couronné par l'Académie française*). 1 vol. in-12 avec musique. . . . . 5 fr.

Le Grand Mystère de Jésus, drame breton du moyen âge, avec une Étude sur le théâtre celtique. 2e édit. 1 vol. in-12 . . . . 3 fr. 50

La Légende celtique et la Poésie des Cloîtres bretons. Nouvelle édition. 1 vol. in-12. . . . . 3 fr. 50

L'Enchanteur Merlin (Myrdhinn). Son histoire, ses œuvres, son influence. Nouv. édit. 1 vol. in-12.. . . . . 3 fr. 50

WHYTE MELVILLE

Les Gladiateurs. Rome et Judée. Roman antique trad. par Bernard Derosne, avec préface de Th. Gautier. 2e édit. 2 vol. in-12. . . . . 7 fr.

WITT (C. DE)

Études sur l'histoire des États-Unis d'Amérique. 2 vol. in-12.. . . 7 fr.

— **Histoire de Washington** *et de la fondation de la République des États-Unis*, par M. Cornélis de Witt, avec une Etude par M. Guizot. Nouv. édit. 1 vol. in-12 avec carte. . . . . 3 fr. 50

— **Thomas Jefferson.** *Étude sur la démocratie américaine.* Nouvelle édition. 1 vol. in-12. . . . . 3 fr. 50

ZELLER

Les Empereurs romains. Caractères et portraits historiques. 2e édition, 1 vol. in-12.. . . . . 3 fr. 50

Entretiens sur l'histoire. — Antiquité et moyen âge. 1 vol. in-12. . 3 fr. 50

Entretiens sur l'histoire. — Moyen âge. 1 vol. in-12. . . . . 3 fr. 50

Conférences littéraires de la salle Barthélemy, au profit des blessés polonais. *Première série*, par MM. SAINT-MARC GIRARDIN, LEGOUVÉ, LABOULAYE, HENRI MARTIN, WOLOWSKI, FOUCHER DE CAREIL, F. DE LESSEPS, LACHAMBEAUDIE. 1 volume in-12. . . . . 2 fr. 50

—— *Deuxième série*, par MM. ALBERT GIGOT, HENRI MARTIN, VIENNET, LEGOUVÉ, LEFÈVRE-PONTALIS, YUNG, JULES SIMON, A. BARBIER, ODILON BARROT. 1 volume in-12. . . . . 2 fr. 50

OUVRAGES DE M. ALLAN KARDEC

Qu'est-ce que le Spiritisme? Introduction à la connaissance du monde invisible ou des Esprits. 3ᵉ édition, augmentée. 1 vol. in-12. . . . . 1 fr.

Le Spiritisme à sa plus simple expression. Exposé sommaire de l'Enseignement des Esprits et de leurs manifestations. In-12. . . . . 15 c.

Le Livre des Esprits, contenant : les principes de la doctrine spirite sur l'immortalité de l'âme, la nature des Esprits et leurs rapports avec les hommes; les lois morales; la vie présente, la vie future et l'avenir de l'humanité, selon l'enseignement donné par les Esprits. 12ᵉ édition. 1 fort vol. in-12. . . . . 3 fr. 50

Le Livre des Médiums, ou GUIDE DES MÉDIUMS ET DES ÉVOCATEURS, contenant l'enseignement spécial des Esprits sur la théorie de tous les genres de manifestations, les moyens de communiquer avec le monde invisible, etc. 8ᵉ édition. 1 fort vol. in-12. . . . . 3 fr. 50

Le Ciel et l'Enfer, ou LA JUSTICE DIVINE SELON LE SPIRITISME. 1 vol. in-12. 3 fr. 50

L'Évangile selon le spiritisme : PARTIE MORALE. 3ᵉ édit. 1 vol. in-12. 3 fr. 50

Révélations du monde des esprits, par J. ROZE, médium. 3 vol. in-12. 4 fr. 50

Phénomènes des frères Davenport. Trad. du Dʳ NICHOLS. 1 v. in-12.. 2 fr. 50

Des forces naturelles inconnues, à propos des phénomènes produits par les frères Davenport et par les médiums en général. Etude critique par HERMÈS. In-12. . . . . 1 fr.

Histoire de Jeanne d'Arc, dictée par elle-même à Ermance DUFAUX. 2 édit. 1 vol. in-12. . . . . 3 fr.

Les Bardes druidiques. Synthèse philosophique du XIXᵉ siècle par M. A. PEZZANI. 1 vol. in-12. . . . . 1 fr. 50

BIBLIOTHÈQUE D'ÉDUCATION MORALE

Première série à 3 fr. le vol. broché

Mme LA PRINCESSE DE BROGLIE

Les Vertus chrétiennes. — Les Vertus théologales et les Commandements de Dieu. Ouvrage approuvé par Mgr l'Archevêque de Paris. 2 vol. in-12, illustrés de lithographies et de vignettes.

Mme DE WITT, NÉE GUIZOT

Scènes d'histoire et de famille, 1 vol. in-12.

Une Famille à Paris. Scènes de la Vie des jeunes filles. 1 vol. in-12, orné de lithographies et vignettes.

Promenades d'une Mère, ou les douze Mois. 1 vol. in-12, orné de lithographies et de vignettes.

Les Petits Enfants, contes. 1 vol. in-12, orné de lithographies et de vignettes.

Contes d'une Mère à ses Enfants. 1 vol. in-12, orné de lithographies et de vignettes.

Une Famille à la campagne. 1 vol. in-12, orné de lithographies et de vignettes.

Hélène et ses Amies, histoire pour les jeunes filles ; traduit de l'anglais. 1 vol in-12, orné de lithographies.

DE GERANDO ET Bne DELESSERT

Les Bons exemples, nouvelle morale en action. — *Charité et Dévouement.* 1 vol. in-12, illustré de jolies vignettes de J. David.

—— 2e série : *Courage et Humanité.* 1 vol. in-12, illustré de jolies vignettes de J. David.

Mlle ULLIAC-TRÉMADEURE

André, ou la Pierre de touche. (*Ouvrage couronné.*) Nouv. édit. 1 joli vol. in-12, illustré de lithographies.

Contes de ma mère l'Oie. Nouv. édit. 1 joli vol. in-12, illustré de lithographies.

MICHEL MASSON

Les Enfants célèbres, histoire des enfants qui se sont immortalisés par le malheur, la piété, le courage, le génie, etc. Nouvelle édition. 1 vol. in-12, orné de lithographies et vignettes.

Les Lectures en famille. Simples récits du foyer domestique. 1 vol.

Mme GUILLON-VIARDOT

Cinq Années de la Vie des Jeunes Filles. (*L'Entrée dans le monde.*) 1 joli vol in-12.

Mme A. TASTU

Lettres choisies de madame de Sévigné, avec son Éloge. (*Couronné par l'Académie française.*) 1 vol. in-12.

Deuxième série à 2 fr. le vol. broché.

Mme GUIZOT

L'Écolier, ou Raoul et Victor. (*Ouvrage couronné par l'Académie française.*) 12e édition. 2 vol. in-12, 8 vignettes.

Une Famille, par Mme Guizot, ouvrage continué par Mme A. Tastu. 7e édition. 2 vol. in-12, 8 vignettes.

Les Enfants. Contes pour la jeunesse. 10e édition. 2 vol. in-12, 8 vignettes.

Nouveaux Contes pour la jeunesse, 9e édition. 2 vol. in-12, 8 vignettes.

Récréations morales. Contes pour la jeunesse. 10e édit. 1 vol. in-12, 4 vign.

Lettres de Famille sur l'éducation. (*Ouvrage couronné par l'Académie française.*) 5e édition. 2 vol. in-12. . . . . 6 fr

Mme F. RICHOMME

Julien et Alphonse, ou le Nouveau Mentor. (*Ouvrage couronné par l'Académie française.*) 1 vol. in-12, 6 lithographies.

HERBIER DES DEMOISELLES

Traité de la Botanique présentée sous une forme nouvelle et spéciale, contenant la description des plantes et les classifications, l'exposé des plantes les plus utiles; leur usage dans les arts et l'économie domestique et les souvenirs historiques qui y sont attachés; les règles pour herboriser; la disposition d'un herbier; etc., etc., par ED. AUDOUIT, édit. revue par le Dr HOEFER. 1 v. in-8, *illustré* de 335 jolies vignettes coloriées. 10 fr.

— LE MÊME OUVRAGE. 1 vol. in-12, avec les grav. noires. . . . . 5 fr.
— — — — grav. coloriées. . . . . . . 7 fr. 50

Atlas de l'Herbier des Demoiselles, dessiné par BELAIFE, gravé et colorié avec soin. Joli album de 106 pl. in-4, renfermant plus de 350 sujets. . . . . 10 fr.

DICTIONNAIRE DE MÉDECINE USUELLE

A l'usage des gens du monde, des chefs de famille et des grands établissements, des administrateurs, des magistrats, des officiers de police judiciaire, et enfin de tous ceux qui se dévouent au soulagement des malades.

Par une société de Membres de l'Institut, de l'Académie de médecine, de Professeurs, de Médecins, d'Avocats, d'Administrateurs et de Chirurgiens des hôpitaux dont les noms suivent : ANDRIEUX, ANDRY, BLACHE, BLANDIN, BOUCHARDAT, BOURGERY, CAFFE, CAPITAINE, CARRON DU VILLARDS, CHEVALIER, CLOQUET (J.), COLOMBAT, COTTEREAU, COUVERCHEL, CULLERIER (A.), DELEAU, DEVERGIE, DONNÉ, FALRET, FIARD, FURNARI, GERDY, GILET DE GRAMMONT, GRAS (ALBIN), GUERSENT, HARDY, LARREY (H.), LAGASQUIE, LANDOUZY, LÉLUT, LEROY D'ETIOLLES, LESUEUR, MAGENDIE, MARC, MARCHESSEAUX, MARTINS, MIQUEL, OLIVIER (D'ANGERS), ORFILA, PAILLARD DE VILLENEUVE, PARISET, PLISSON, POISEUILLE, SANSON (A.), ROYER-COLLARD, TRÉBUCHET, TOIRAC, VELPEAU, VÉE, etc. Publié sous la direction du docteur BEAUDE, médecin inspecteur des eaux minérales, membre du Conseil de salubrité. 2 forts vol. in-4. . . . . 24 fr.

En demi-reliure dos de chagrin. 30 fr.

ŒUVRE DE DAVID (D'ANGERS)

Collection de 125 portraits contemporains gravés par les procédés de M. ACH. COLLAS, d'après les médaillons du célèbre artiste. Chaque portrait séparément. . . . . 75 c.

Portraits de Washington, de Napoléon Ier, de Louis-Philippe, gravés d'après les procédés de M. ACH. COLLAS. In-folio, chacun. . . . . 3 fr.

Bas-reliefs du Parthénon et du temple de Phigalie, disposés suivant l'ordre de la composition originale et gravés d'après les procédés de M. ACH. COLLAS. 1 joli album in-4 oblong, contenant 20 planches et un texte de 40 pages, par M. CH. LENORMANT, de l'Institut, cartonné élégamment à l'anglaise. . . . 16 fr.

OUVRAGES DE NAPOLÉON LANDAIS

ET DE SES COLLABORATEURS

Grand Dictionnaire général des Dictionnaires français, résumé de tous les dictionnaires, par N. LANDAIS, 14e édition, revue et augmentée d'un *Complément* de 1200 pages. 3 vol. réunis en 2 vol. grand in-4 de 3000 pages. . . . . . 40 fr.

Ce dictionnaire contient la nomenclature exacte des mots *usuels et académiques, archaïques et néologiques, artistiques, géographiques, historiques, industriels, scientifiques*, etc., *la conjugaison de tous les verbes irréguliers, la prononciation figurée des mots, les étymologies savantes, la solution de toutes les questions grammaticales*, etc.

Complément du Grand Dictionnaire de Napoléon Landais, pour les onze premières éditions, par une société de savants sous la direction de MM. D. CHÉSUROLLES et L. BARRÉ. 1 fort vol. in-4 de près de 1200 pages à 3 colonnes.. . 15 fr.

Grammaire générale des Grammaires françaises, présentant la solution de toutes les questions grammaticales, par N. LANDAIS. 6e édit. 1 vol. in-4. . 9 fr.

Petit Dictionnaire des Dictionnaires français, par N. LANDAIS. Ouvrage *entièrement refondu*, et offrant, sur un nouveau plan, la nomenclature complète, la prononciation nécessaire, la définition claire et précise et l'*étymologie* vraie de tous les mots du vocabulaire usuel et littéraire, et de tous les termes scientifiques, artistiques et industriels de la langue française, par M. CHÉSUROLLES. 1 très-joli vol. in-32 de 600 pages.. . . . . 1 fr. 50

Dictionnaire des Rimes françaises, disposé dans un ordre nouveau d'après la distinction des rimes en *suffisantes, riches* et *surabondantes*, etc., précédé d'un *Traité de Versification*, etc., par N. LANDAIS et L. BARRÉ. 1 vol. in-32. . 1 fr. 50

Petit Dictionnaire biographique des personnages célèbres de tous les temps et de tous les pays, *extrait du Dictionnaire de Napoléon Landais*, par M. D. CHÉSUROLLES. 1 fort vol. grand in-32 de 600 pages.. . . . . 1 fr. 50

DICTIONNAIRE DE TOUS LES VERBES

De la langue française tant *réguliers qu'irréguliers*, entièrement conjugués, sous forme synoptique, précédé d'une théorie des verbes et d'un traité des participes, etc. d'après l'ACADÉMIE, LAVEAUX, TRÉVOUX, BOISTE, NAPOLÉON LANDAIS et nos grands écrivains; par MM. VERLAC et LITAIS DE GAUX, professeur, membre de la Société grammaticale de Paris, etc. 1 beau vol. in-4. Nouv. édit., . . . 10 fr.

VERGANI

Grammaire italienne en 20 leçons, revue par MORRETTI et augmentée par BRUNETTI. Nouvelle édition. 1 vol. in-12.. . . . . 1 fr.

LE CORPS DE L'HOMME

Traité complet d'anatomie et de physiologie humaine, suivi d'un *Précis des Systèmes de* LAVATER *et de* GALL; à l'usage des gens du monde, des médecins et des élèves, par le docteur GALET. 4 vol. in-4, *illustré* de plus de 400 figures dessinées d'après nature et lithographiées. . . . . 90 fr.

— LE MÊME OUVRAGE, avec les 400 figures coloriées avec le plus grand soin. 140 fr.

NOUVELLE COLLECTION DES MÉMOIRES RELATIFS A L'HISTOIRE DE FRANCE

Par MM. Michaud et Poujoulat,

Avec la collaboration de MM. Champollion, Bazin, Moreau, etc.

34 volumes grand in-8 jésus à 2 col., illustrés de plus de 400 portraits sur acier. Prix : 300 fr.

TOME I.

G. de Villehardouin. — H. de Valenciennes. P. Sarrazin. — Sire de Joinville. — Sur le règne de saint Louis et les Croisades (1198-1270).
Du Guesclin. — Mémoires (13...-1380).
Christine de Pisan — Le Livre des faits, etc., du roi Charles V (1336-1372).

TOME II.

Ch. de Pisan. — Le Livre des faits, 2e part. (1378-1380).
Extraits des Chroniqueurs, sur les règnes de Philippe le Hardi, etc., jusqu'à Jean II.
Jean le Maingre dit Boucicaut (1368-1421).
J. des Ursins (1380-1422). — P. de Fenin (1407-1427).
Anonyme. — Journal d'un bourgeois de Paris sous Charles VI (1409-1422).

TOME III.

Mémoires sur Jeanne d'Arc (1422-1429).
G. Gruel. — Hist. d'Artus de Richemont (1413-1457).
Anonyme. — Journal d'un bourgeois de Paris sous Charles VII (1422-1449).
O. de la Marche. — J. du Clercq (1435-1489).

TOME IV.

Ph. de Comines. — Mém. (1464-1498).
Jean de Troyes. — Chronique (1460-1483)
G. de Villeneuve. — Mém. (1494-1497).
J. Bouchet. — Panég. de la Trémouille (1460-1525).
Le Loyal serviteur. — Hist. du bon chevalier Bayard (1476-1524).

TOME V.

La Mark, seign. de Fleurange. — Hist. des règnes de Louis XII et de François Ier (1499-1521).
Louise de Savoie. — Journal (1476-1522).
Martin et G. du Bellay. — Mém. (1513-1547).

TOME VI.

F. de Lorraine, duc de Guise. — Mém. (1547-1561).
L. de Bourbon, prince de Condé (1559-1564).
A. du Puget. — Mémoires (1561-1596).

TOME VII.

B. de Montluc. — Fr. de Rabutin. — Commentaires (1521-1574).

TOME VIII.

Saulx-Tavannes. — Mémoires (1515-1573).
Salignac. — Le siége de Metz (1552).
Coligny. — Le siége de S.-Quentin (1557).
La Chastre. — Mémoires du duc de Guise en Italie, etc. (1556-1557).
Rochechouart. — Ach. Gamon. — J. Philippi. — Mémoires (1497-1590).

TOME IX.

Vieilleville. — Mém. (1527-1571). — Castelnau. (1559-1570). — J. de Mergey (1554-1589). — Fr. de la Noue (1562-1570).

TOME X.

B. du Villards. — Mém. (1559-1569). — Marg. de Valois. (1569-1582). — Ph. de Cheverny. (1553-1582). — Ph. Hurault, év. de Chartres. (1599-1601).

TOME XI.

Duc de Bouillon. — Mém. (1555-1586). — Ch. duc d'Angoulême (1589-1593). — De Villeroy. Mém. d'État (1581-1594). — J.-A. de Thou (1553-1601).
J. Choisnin. — Mém. sur l'élection du roi de Pologne (1571-1573).
J. Gillot, L. Bourgeois, Dubois. — Relations touchant la régence de Marie de Médicis, etc.
Math. Merle et S.-Auban. — Mém. sur les guerres de religion (1572-1587).
G. de Marillac et Claude Groulart. — Mém. et voyages ... cour (1588-1600).

TOMES XII-XIII.

... — Chronol. novenaire (1589- ... septenaire, etc. (1598-1604).

TOMES XIV-XV.

P. de l'Estoile. — Registre-journal d'un curieux, etc. (1574-1589), publié d'après le manuscrit autographe *presque entièrement inédit*, par MM. Champollion. — Mém. et journal (1589-1611.)

TOMES XVI-XVII.

Sully. — Mém. des sages et royales œconomies d'Estat, etc. (1570-1628).
Marbault, secrétaire de Duplessis-Mornay. — Remarques inédites sur les Mémoires de Sully.

TOME XVIII.

Jeannin. — Négociations (1598-1609).

TOME XIX.

Fontenay-Mareuil (1609-1647). Pontchartrain. Mém. (1610-1620). — M. de Marillac. — Relation exacte de la mort du maréchal d'Ancre. — Rohan. Mém. sur la guerre de la Valteline, etc. (1610-1629).

TOME XX.

Bassompierre (1597-1610). D'Estrées (1610-1617).
Th. du Fossé. — Mémoires de Pontis (1597-1652)

TOMES XXI-XXII.

Cardinal de Richelieu. — Mémoires (1600-1638)

TOMES XXIII.

C. de Richelieu. — Mém. et Testam. (1635-1638)
Arnauld d'Andilly — Mém. (1610-1656).
Abbé Ant. Arnauld (1634-1675).
Gaston, duc d'Orléans (1608-1636).
Duchesse de Nemours. — Mémoires.

TOME XXIV.

Mme de Motteville. — Le P. Berthod (1615-1666).

TOME XXV.

Card. de Retz. — Mémoires (1648-1679).

TOME XXVI.

Guy Joly. — Mém. (1648-1665). Cl. Joly. — Mém. (1650-1655). — P. Lenet. — Mém. (1627-1659).

TOME XXVII.

Brienne (1615-1661). — Montrésor (1632-1637).
Fontrailles. — Relation de la cour, pendant la faveur de M. de Cinq-Mars (1641).
La Chatre. — Mém. (1642-1643). — Turenne. Mém (1643-1659). — Duc d'York. Mém. (1652-1659).

TOME XXVIII.

Mlle de Montpensier. — Mémoires (1627-1688).
V. Conrart. — Mém. (1652-1661).

TOME XXIX.

Montglat. — Mém. sur la guerre entre la France et la maison d'Autriche (1635-1660).
La Rochefoucauld. — Mém. (1630-1652).
Gourville. — Mémoires (1642-1698).

TOME XXX.

O. Talon. — Mém. (1630-1653). — Choisy (1644-1724)

TOME XXXI.

Henri, duc de Guise. — Mém. (1647-1648). — Gramont. — Mém. (1604-1677). — Guiche. — Relation du passage du Rhin. — Du Plessis. — Mém. (1622-1671). M. de *** (de Brégy). — Mém. (1613-1690).

TOME XXXII.

La Porte. — Mém. (1624-1666).
Chevalier Temple. — Mém. (1672-1679).
Mme de la Fayette. — Hist. de Mme Henriette d'Angleterre. — Mém. de la cour de France (1688-1689). La Fare. — Mém. (1661-1693). — Berwick. — Mém (1670-1734). — Caylus. — Souvenirs. — Torcy. — Mém. p. servir à l'hist. des négociat. (1697-1713)

TOME XXXIII.

Villars. — Mém. (1672-1734). — Forbin (1677-1710). — Duguay-Trouin. — Mémoires (1689-1710).

TOME XXXIV.

Duc de Noailles. — Mém. (1663-1756). — Duclos — Mém. secrets, etc. (1715-1723).
Mme du Staal-Delaunay. — Mémoires.

TRÉSOR
DE NUMISMATIQUE
ET DE GLYPTIQUE

OU

Recueil général des Médailles, Monnaies, Pierres gravées, Bas-Reliefs, Ornements, etc.

TANT ANCIENS QUE MODERNES

LES PLUS INTÉRESSANTS SOUS LE RAPPORT DE L'ART ET DE L'HISTOIRE

GRAVÉ PAR LES PROCÉDÉS DE M. ACHILLE COLLAS

SOUS LA DIRECTION DE

M. PAUL DELAROCHE, peintre; M. HENRIQUEL DUPONT, graveur,
M. CHARLES LENORMANT, conservateur de la Bibliothèque, membre de l'Institut, etc.

20 parties ou volumes in-folio, comprenant plus de 1,000 planches accompagnées d'un texte historique et descriptif.

PRIX : **1260** FR.

DIVISION DES VINGT PARTIES

I

Numismatique des Rois grecs. . . . . 1 vol. avec 92 pl.
Nouvelle Galerie mythologique. . . . . 1 vol. avec 52 pl.
Bas-reliefs du Parthénon, etc. . . . . 1 vol. avec 16 pl.
Iconographie des Empereurs romains et de leurs familles. 1 vol. avec 64 pl.

II

Histoire de l'Art monétaire chez les modernes. . . . . . 1 vol. avec 56 pl.
Choix historique des Médailles des Papes. . . . . 1 vol. avec 48 pl.
Recueil de Médailles italiennes, XVe et XVIe siècle. . . . . 2 vol. avec 84 pl.
Recueil de Médailles allemandes, XVIe et XVIIe siècle. . . . 1 vol. avec 48 pl.
Sceaux des Rois et Reines d'Angleterre. . . . . 1 vol. avec 36 pl.

III

Sceaux des Rois et des Reines de France. . . . . 1 vol. avec 28 pl.
Sceaux des grands feudataires de la couronne de France. 1 vol. avec 32 pl.
Sceaux des communes, communautés, évêques, barons et abbés. . . . . 1 vol. avec 24 pl.
Histoire de France par les Médailles :
1° **de Charles VII à Henri IV**. . . . . 1 vol. avec 68 pl.
2° **de Henri IV à Louis XIV**. . . . . 1 vol. avec 36 pl.
3° **de Louis XIV à 1789**. . . . . 1 vol. avec 56 pl.
4° **Révolution française**. . . . . 1 vol. avec 96 pl.
5° **Empire français**. . . . . 1 vol. avec 72 pl.

IV

Recueil général de Bas-reliefs et d'Ornements. . . . . . 2 vol. avec 100 pl.

JOURNAL DES SAVANTS

COMPOSITION DU BUREAU :

M. LE MINISTRE DE L'INSTRUCTION PUBLIQUE, *Président*.

Assistants

M. LEBRUN, de l'Académie française.
M. GIRAUD, de l'Acad. des sciences morales.
M. NAUDET, de l'Académie des inscriptions et des sciences morales.
M. MÉRIMÉE, de l'Acad. fr. et des inscript.

Auteurs

M. VILLEMAIN, de l'Acad. fr. et des inscrip.
M. CHEVREUL, de l'Académie des sciences.
M. PATIN, de l'Académie française.
M. MIGNET, de l'Acad. fr. et des sc. morales.
M. L. VITET, de l'Acad. fr. et des inscript.
M. B. SAINT-HILAIRE, de l'Ac. des sc. mor.
M. LITTRÉ, de l'Académie des inscriptions
M. FRANCK, de l'Acad. des sciences morales.
M. BEULÉ, de l'Acad. des beaux-arts.
M. J. BERTRAND, de l'Acad. des sciences.
M. SAINTE BEUVE, de l'Acad. française.

CONDITIONS DE L'ABONNEMENT

Le Journal des Savants paraît chaque mois par cahiers de 8 feuilles in-4. Le prix de l'abonnement est de 36 fr. par an pour Paris, et de 40 fr. pour les départements.

Chaque année forme 1 volume. Il reste encore quelques exemplaires de la collection en 49 vol. au prix de 735 fr. On peut avoir ensemble ou séparément les années depuis 1830 jusqu'en 1865 au prix de 25 fr.

REVUE ARCHÉOLOGIQUE

OU

RECUEIL DE DOCUMENTS ET DE MÉMOIRES RELATIFS A L'ÉTUDE DES MONUMENTS A LA NUMISMATIQUE ET A LA PHILOLOGIE

DE L'ANTIQUITÉ ET DU MOYEN AGE

PUBLIÉS PAR

MM. le vicomte de Rougé, de Longpérier, F. de Saulcy, Alfred Maury, le duc de Luynes, Renier, Brunet de Presle, Miller, Egger, Beulé, Membres de l'Institut;
Viollet-le-Duc, Architecte du Gouvernement;
le général Creuly, A. Bertrand, Chabouillet, de la Société des Ant. de France.
A. Mariette, Deveria, Conservateurs du Musée du Louvre;
Vallet de Viriville, Professeur à l'École des chartes; **Perrot, Heuzey**, de l'École d'Athènes, etc.

ET LES PRINCIPAUX ARCHÉOLOGUES FRANÇAIS ET ÉTRANGERS

MODE ET CONDITIONS DE L'ABONNEMENT

La *Revue archéologique* paraît chaque mois par cahiers de 64 à 80 pages grand in-8, qui forment, à la fin de chaque année, deux volumes ornés de planches gravées sur acier et de gravures sur bois intercalées dans le texte.

Prix : Paris : Un an, 25 fr. — Départements : Un an, 27 fr.

Les années 1860 à 1867, formant les 16 premiers volumes de la nouvelle série, coûtent chacune 25 fr. (Le souscripteur à l'année 1868 peut acquérir cette Collection pour 160 fr. au lieu de 200.)

PARIS. — IMP. SIMON RAÇON ET COMP., RUE D'ERFURTH, 1.

www.ingramcontent.com/pod-product-compliance
Ingram Content Group UK Ltd.
Pitfield, Milton Keynes, MK11 3LW, UK
UKHW012053240726
13965UKWH00003B/1269